U0902236

救赎咖啡屋 Ⅱ 渺小的爱

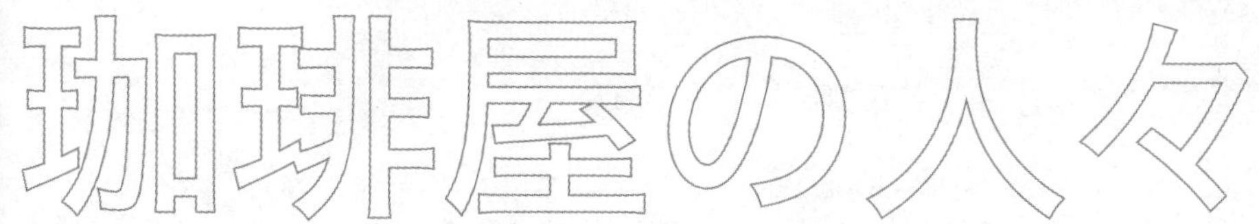

ちっぽけな恋

〔日〕池永阳——著　苏航——译

北京联合出版公司
Beijing United Publishing Co.,Ltd.

图书在版编目（CIP）数据

救赎咖啡屋．II，渺小的爱／（日）池永阳著；苏航译．— 北京：北京联合出版公司，2017.10
ISBN 978-7-5596-0553-5

Ⅰ．①救… Ⅱ．①池… ②苏… Ⅲ．①长篇小说－日本－现代 Ⅳ．①I313.45

中国版本图书馆CIP数据核字（2017）第137459号

KOHIYA NO HITOBITO –TIPPOKENA KOI

First published in Japan in 2015 by Futabasha Publishers Ltd., Tokyo.
Chinese translation rights arranged with Futabasha Publishers Ltd.
through Beijing GW Culture Communications Co., Ltd.

救赎咖啡屋 II：渺小的爱

作　　者：（日）池永阳　　译　　者：苏　航
责任编辑：宋延涛　　产品经理：周乔蒙
特约编辑：程彦卿　　版权支持：张　婧

北京联合出版公司出版
（北京市西城区德外大街83号楼9层　100088）
北京联合天畅发行公司发行
北京旭丰源印刷技术有限公司印刷　新华书店经销
字数 144千字　880mm×1230mm　1/32　印张 7.25
2017年10月第1版　2017年10月第1次印刷
ISBN 978-7-5596-0553-5
定价：38.00元

目录

1

特等席

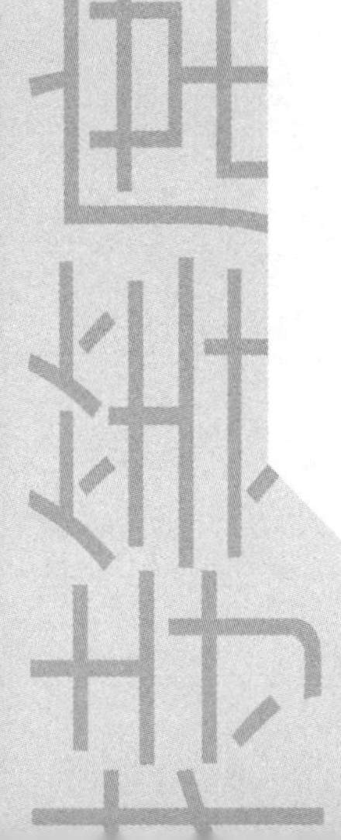

▶

只要有美人在，男人就会云集，

这是自古至今，

如太阳东升西落一般的真理。

看向时钟，时间是不到四点。

大约十五分钟前，一对中年夫妇走后就没有客人了，店内寂静无声。

行介站在柜台中缓缓地环顾店内。即便是奉承话，这也绝不是一家漂亮的店，用橡木建造的店内给人以厚重的历史感。

“咖啡屋”——这家位于总武沿线小商店街上的古旧店铺是行介唯一的财产，也是他的生活来源。

行介的目光看向烧咖啡壶专用的酒精灯，它正放在自己面前。他摘掉盖子，点上火。

那橙色的火焰，就像是在等待什么似的摇曳着燃烧。行介稍微凝视了那火焰一阵，就将骨节分明的右手遮在了火上。热感立刻从手掌传来，那热感不久后转为痛感，行介的手掌应该是被烧伤了。

“杀过人的手……”他的心中发出叹息一般的声音。

热感从手掌传遍了全身，疼痛感应该很快就要袭来了。一疼起来，他的心就能沉静下来了。

行介正咬紧牙关的时候，门铃响了，有人进来了。他忙将手从酒精灯上移开，将盖子盖到了火焰上。

“一如既往，这真是家没人气的店啊。”

说着惹人讨厌的话坐到柜台前的人，是行介的儿时玩伴岛木。

“白兰地。”岛木大声说。

行介取了一盏从未用来烧过手掌的酒精灯点燃了。

“你的店人气很旺吗？”行介一边操作着酒精灯，一边问。

“不旺啊，要是旺的话也不会这个时间到这儿来了。”

岛木轻轻摇着头说。

在同一条商店街上，岛木开着名为“阿露露”的洋装店。

“因为到处都不景气啊。”行介慢悠悠地说。

“是啊，到处都不景气。但是，也有每天都座无虚席的店。”岛木用一脸得意的表情说。

“有这样的店吗？是在这条商店街上吗？”

“是的，就在这条商店街上，”岛木继续用得意的表情说，“话说回来，阿行，你喜欢关东煮吗？”他忽然唐突地问。

“这个嘛，虽然喜欢……”

“那，今晚陪我吧。我们去吃关东煮，喝啤酒，深秋了，正是好季节。”岛木用命令的语气说。

“好是好，但是——为什么忽然想吃关东煮了？”行介说着，脸上露出想通了的表情，“难道那个在如此不景气的世道下还座无虚席的店，就是那个关东煮店吗？”

“就是这么回事，就是那个与不景气相左的店。话说回来，你这里的闭店时间是几点呢？”

“一般是开到十点。”

“那我就九点来接你，给我早点收工。”岛木又用命令的语气说。

“这条街上的关东煮店，我只知道有文江婆婆的店，开了新的关东煮店吗？”行介将咖啡壶里热气腾腾的咖啡倒进杯子里，加上勺子放到了岛木面前。

“就是那个文江婆婆的店‘伊吕波’，以前是门可罗雀，十分萧条，现在却改头换面很红火呢。”

“那个文江婆婆的店现在很红火？真是让人一时之间难

以相信——到底用了什么手段才变成那样的呢，有什么原因吗？”

“有很重要的原因。”岛木深深地点头。

“是什么呢，那个原因？”行介交叉起粗壮的双臂。

“原因很简单，站在柜台里的人不再是文江婆婆，而是换了其他人。仅此而已。”岛木满面笑容地说。

“换了其他人……”行介自言自语般地说着，忽然发出了“啊”的一声，“也就是说，店里站着的人变成了年轻女子，是这样吗？”

“虽不中亦不远矣。年纪三十五六岁，绝对不能算是年轻姑娘，但是，”岛木脸上露出意味深长的表情来，“是个非常漂亮的美人。”

“……”

“只要有美人在，男人就会云集，这是自古至今，如太阳东升西落一般的真理。所以，让你也去看看那张难得一见的脸就是我的佛心所在了。”

“佛心吗？但是，就你的性格而言，我觉得不会只是这个原因。”行介挖苦地说。

“诚然如此，确实有别的理由。”岛木板起脸来说，“你知道文江婆婆家店的特等席是哪里吗？”

岛木提出了奇妙的问题。位于商店街东端的伊吕波的柜台是“コ”字形构造，坐进十个客人店铺就已经很满了，就这种柜台而言的特等席是——

“最里面的顶头。那里只能坐下一个人，就算店里再挤也没有移动的必要。而且可以放松地吃喝，果然最里面应该是最好的。”行介明快地回答。

“就是这样，还要加一点，只有放松下来才能好好地观看美人的容颜。因为温酒的容器就放在近前，美人靠近的频率会比较高。即便同样是顶头，如果是在入口附近的座位，眼前是不可能有那种东西的，吃关东煮不点酒的话，美人就不会靠近，可以说是最糟糕的位置。所以，特等席就如你所说，是里面的顶头。”岛木做了长长的说明。

“由此就产生了问题，出现了经常占据这个特等席的人。每次去伊吕波，都是同一个人坐在那里，就是这么回事。”岛木颇为愤恨似的说。

“被占着倒也还算寻常——但那占着里面特等席的人，到底是谁呢，是我认识的人吗？”

“不知道你知不知道，是以前在这个商店街上经营花店不善，现在到保安公司上班的姓山下的男人。”

是行介知道的人。那是个没什么好胜心的、表情空乏的中年男人。当“山下鲜花店”倒闭的时候，街上的人都传言说他那个性格，会倒闭也是自然的事，行介对此也有所耳闻。那个男人身材很矮小，寡言又懦弱的性格到底不适合做生意人。那时候似乎是和结婚十五年的妻子也分开了。

“那个山下先生，一直占着特等席，这是真的吗？”行介感觉不可置信般地说。

“我最开始也以为听错了，那个懦弱的男人竟然会占据特等席，这种事实在是……”岛木叹息着说。

“像你说的被占着的话，我想他在保安公司上班的话，会不会是出夜班，每天到伊吕波待到那时候为止呢？”

“道理上说确实可能如此。总之我每次去，那家伙一定坐在特等席上，让我连抱怨都抱怨不出来。而且，”岛木瞪大了眼睛，“不管怎么说这也太奇怪了，我几次都瞪着他，可他完全没有想动的意思。他对我这边的视线无动于衷，坚持无视到底。”

“那个懦弱的山下先生，做了这样的事情吗？”行介歪着头思索。

“所以就该你登场了。像我这样老实的人瞪他没用的话，那就只能换你了。有着结实身体和充满男人味的面孔的你瞪他的话，我想那个男人也会重新考虑的。”岛木说了很孩子气的话。

“这种像高中生打架一样的事……”行介苦笑道。

“这是因为你没见过木绵子——虽然现在说有点晚，但话题人物就是文江婆婆远亲之类的木绵子小姐，之前也说了，她可是个真正的美人。一想到这点，我就觉得怒不可遏，还是怎么说来着……”

看来是真的很看不惯山下，岛木像小孩子一样气得腮帮子鼓鼓的，跟女性相关的问题，岛木有着极端狂热的一面。

“作为街上第一花花公子的你，绝不会饶过他是吗？但是，跟你一起去是可以，瞪对方这种事我可是绝对不会做的。”

“这倒也无所谓，总之你坐在我旁边就行了。”岛木慢悠悠地说。

“话说你跟年轻时候比真是一点都没变啊。虽然这绝不是在挖苦你，但你要是把那份热情的一半用在生意上会怎样呢？”

“你会这么说，都是因为你没有真的见过木绵子罢了，等你用双眼确认后，就能理解我的感受了。不管怎么说，她可是能和冬子比美的。”

“和冬子！”

“我这么说的话，你也能想象到木绵子美的程度了，简单来说就是如此了。”不知为何，岛木满是得意地挺着胸膛。

这时丁零一声，进来一位客人。

“你好，阿行。”正是话题人物冬子。

“啊，今天岛木也在呀。”说着，冬子就坐在了岛木身旁。

“总觉得我在这儿有点碍事呀，冬子。”岛木虽然是开玩笑的口吻，但有一半可能也是真心话。

“你在说什么傻话呢。啊，我跟往常一样来白兰地咖啡，拜托了。”冬子的声音不慌不忙。

“但是，这个时间过来的话，‘荞麦铺 · 辻[1]井’果然也不景气吗？”岛木自言自语般地说。

“虽然确实是不景气，但是餐饮业的话，这个时间段闲又不是什么新闻了。”

“啊，是这样啊。”岛木微微耸了耸肩。

“这个时间来这里是最好的了。气氛轻松而和缓，喝着美味的咖啡，阿行会在这里。时不时地，岛木你也在。”冬子很开心地露出了笑脸，那是仿佛花儿忽然绽放一般的笑脸。

“你果然很漂亮啊。”岛木只说了这么一句。

“女人的话，笑脸是最好看的，而且要是发自内心的笑脸，我从来没见过木绵子那样的笑脸。虽然礼貌方面绝对不差，但感觉从没见过她真正的笑脸。”岛木的视线从冬子的侧脸移向空中。

1　日本地名用字。

“欸……那位木绵子是谁呢？岛木君新的出轨对象吗？第一次听说这个名字。”冬子的视线移向行介，她雪白的脸上露出担心的表情来。

“木绵子小姐就是——”然后岛木就把关东煮店伊吕波的事情概括了一下，说今晚自己要和行介一起去。

“那家店换代了啊，说起来，文江婆婆经常发牢骚说风湿严重了呢。”冬子自言自语似的说。

“于是那位木绵子小姐就登场了吧。结果店铺一下红火了起来——不过那个老实的山下先生竟然会常去，真是有点不敢相信呢。”这次冬子直视着行介的脸。

“男人都是一样的啦，天真、可爱的生物。”岛木说得煞有介事。

“特别是岛木君呢。”冬子用手端起放在面前的热咖啡，低声说。

“真好喝。”冬子一口一口地慢慢喝着咖啡，发出满足的声音。

“特等席真是个好听的词呢。”冬子充满羡慕地说。

那天晚上，两人掀开了伊吕波的暖帘，就像岛木说的那样，店里几乎坐满了。唯一剩下的就是入口处的座位，是如岛木所说的最糟糕的位置。

“欢迎光临，岛木先生。”柜台里立刻传来了声音，女子来到两人面前。

“对不起，只有这里的座位还空着了，实在是抱歉。”女子做出双掌合十的姿态，微笑着。

这就是木绵子。确实是美人，岛木的话不是骗人的。

她眉目清秀，嘴唇丰腴，脸颊的线条柔和，其下连缀着成锐角的下巴。

虽然这就是所谓正统派的美人的脸，但也因此让人感觉她的表情有些冷淡。而为了淡化这种感觉似的，那脸颊的线条很平缓，赋予了木绵子一张柔和的脸。

“这位是？”木绵子的视线从岛木移向行介。

“这家伙叫宗田行介，在街上经营着一家叫咖啡屋的小咖啡馆，是我的儿时玩伴。正如你所见，他是个只有结实这一点可取的男人，高中时是参加过全国联赛的柔道选手。这家伙以后可能会经常露面，请多关照了。”

行介听着岛木说完了他想说的话，说：“嗯，我是咖啡屋的。”

木绵子听完后发出了沙哑的一声，就那么凝视着行介。她纤长的大眼睛深处闪过惊讶的同时，也划过一丝阴郁。

“请多关照。”行介说着，轻轻低下头，直觉这位女性了解自己的过去——那杀过人的可怕过去。不过话说回来，街上的人几乎都知道，木绵子会知道也不是什么怪事。

“我是木绵子，这厢才是，以后请多多关照了。”木绵子恭敬地低下头，双眼又看向了行介的脸。她目光深处的惊讶消失了，只残留下那片浓重的阴郁，而她一扬起脸来，那阴郁也完美地消失了。

“这是个有隐情的女人。”行介的脑海中浮现出这样的话来。

“喂喂，怎么了，有种奇怪的氛围啊。啊，女掌柜。”岛木发出苦闷的声音。

“这家伙可不行啊，女掌柜，有个和他青梅竹马的叫冬子的美人跟他相亲相爱——虽说如此，两人都各有隐情也是事实。”岛木的话像是钉子一般。

“啊，有隐情的两个人吗？不过真好啊，不管有什么样的隐情，两人是相亲相爱的。”木绵子很羡慕似的说。

“所以说，女掌柜的话，有我在嘛，有我岛木在。”岛木一本正经地说。

“啊，对了。因为跟二位太熟了都忘记问了，你们要点什么？”

两人适当地点了些啤酒和关东煮。

“马上就来。”木绵子这么说着，然后离开了。过了一会儿，她将盛着关东煮的盘子和啤酒放在了两人面前，向杯子中酌酒后回到了柜台正中。

“就这样，如果不再点什么的话，就不会再靠过来了，真可谓是最糟糕的座位了。”岛木将杯中的啤酒喝掉一半左右，发着牢骚。

“不过，是个不错的女人吧？”岛木一脸得意地看向行介。

“确实是美人，你的话不假。”行介这么说着，看向木绵子。浅茶色的罩衫配上水色的对襟毛衣，披着雪白的围裙。不管怎么说都是很朴素的服装，却不可思议地很合适。

“美人真是好呢，不管穿什么都很合适。而且——”岛木追随着行介的视线。

“为什么美人穿着围裙，就会让人有种心脏收紧的感觉呢？我一看到那穿围裙的身姿，感觉脑海中就会响起什么收紧的声音。”岛木叹息道。

“所以，阿行啊，问题就是木绵子站的位置，是在里面。看吧，今晚也被山下那个混蛋占据着，那家伙真是……”

抱怨着的岛木的视线那头，坐着一个身材矮小的男人，柜台上就只放着一杯啤酒。

“就点一杯啤酒、一盘关东煮就要耗到打烊，到底该让人说什么好呢，而且……”

就在岛木想继续说下去的时候，看到木绵子跟山下说了什么的样子，看着那轻轻点头的山下，岛木的表情变得愁眉苦脸。

“看吧，刚才那个。”岛木说完的时候，山下面前多了一碗盛满米饭的饭碗。

“也就是说，山下把这里当成吃晚饭的店铺了，挺大的人了，还在关东煮店吃饭什么的，我说就算撒娇也该有个限度吧。”

“但是，单身的话自己做饭是很麻烦的，这点我也有亲身体会。”行介安抚一般地说。

“不，虽然理智上能够理解，但情感上接受不了。”岛木一脸失望地回答。

行介望着柜台深处聊着天，忽然就和山下目光相接了。山下面容略微和缓了些，低下了头，行介也急忙以目光回礼。

“喂喂，阿行，你们互相打招呼是想干吗啊？这时候你要是不用恐怖的表情，使劲瞪着他的话——”岛木发出震惊的声音。

“那种像孩子一样的事，我不可能做得出来。你才真是，挺大一个人了还做那种事。”行介也倔强地还嘴。

“虽然确实是这样。那，总之今晚我们两个彻底努力到打烊为止吧，跟山下抗衡。”说着，岛木将杯中的酒一饮而尽，急忙将啤酒倒了进去，而后重复几次。

“喂，女掌柜，再来点啤酒。”岛木的声音响彻店内。

“喊的话就会过来，不喊的话就不过来啊。总之你也尽量多喝，多吃。”岛木低声耳语道。

快到伊吕波的关店时间十一点了。

岛木喝了相当多的酒，脸都变红了。因为赌气似的一个劲喝啤酒，又不断地喊“女掌柜，再来酒”，所以现在这样也是没办法的事。

木绵子来到行介他们的座位前，是在关店前十分钟左右。

“今天你们能来，真的十分感谢。”木绵子向着两人恭敬地低下头，岛木却突然趴在了桌子上。

“我虽然是被这家伙生拉来的，但关东煮真的很美味，多谢款待。”行介轻轻颔首。

“抱歉，这家伙瘫倒了，实在喝了相当多的酒。”行介请求饶恕一般地说。

“喝这么多的话，也是在帮这家店，我怎么会怪罪呢？不过比起这个——”木绵子直视着行介的脸。她的目光深处果然有阴霾在，脸却仿佛闪耀着光辉一般美。

行介不禁吞了下口水。

看到他的样子，木绵子不禁微微笑了，目光深处的阴霾消失了，只剩下了闪耀。

“行介先生店里的咖啡被公认很好喝呢。”木绵子没有称呼姓氏，而是直接叫了行介的名字。

“啊，这样吗。”行介支吾着回答。

“下次，我也去拜访行介先生的店，好吗？”木绵子微微歪着头，那是很可爱的姿态。

“当然了，热烈欢迎。就像刚才说的那样，即便只是多一个客人，也是帮了我家店的大忙。”

“确实是啊。到处都不景气，真是帮大忙了。”木绵子的声音有细微的沙哑。

“那我真的会去的，到时请多关照了。”木绵子用很坚定的语气说。

“随时欢迎，我会等着的。”行介露出了不适合他的微笑。

“好开心啊。真的要等着我啊，本来是想要拉钩起誓呢，但这里有人看着还是算了。”

木绵子表情很开心地不断重复着“真的”这句话，轻轻低下头，离开了这里。

然而，行介没有捕捉到木绵子的真意，至多不过是到店里来喝一杯咖啡而已，应该没必要如此叮嘱吧，还有那夸张的举止。这是为了什么呢？完全想不明白，感觉糊里糊涂的。

回过神来的时候，行介发现里面的山下正看着自己，那是很生硬的表情。行介以目光致意的瞬间，山下的表情变得惊恐，慌忙低下了头去。

行介造访伊吕波的三天后，店里来了稀客。

不是木绵子，而是山下。虽然有桌子的席位空着，山下还是直接来到了柜台前，矮小的身体落座在了圆椅子上。

“你好。”山下小声说，而后追加一般添了一句，“白兰地咖啡，谢谢。”

对着将酒精灯点燃的行介，山下怯生生地说：“前几天，真是在稀罕的地方相遇了呢。”

“欸，真是呢。虽说如此，我其实也只是被生拉硬拽去的。”行介用一如既往的苦闷口吻说。

“果然，比起弱气的男人，女人还是更喜欢结实的男人啊。”山下低声说完，紧闭起嘴唇沉默了。

行介将泡好的热咖啡滑放到了柜台上。

“十分感谢，我开动了。”山下礼貌地回话，慢慢将杯子端到嘴边，小口呷着，“虽然很烫，但是很好喝。”

山下的视线落回到柜台上，将杯子放回了碟子上。

“宗田先生——”山下憋着声音似的说。“你杀过人是吧？”他唐突地问。

“这是杀过人的手对吧。”山下凝视着行介骨节突起的右手，继续说。

“我听说对方是个落魄的黑社会开发商。”

对山下的话，行介沉默以对。

他所说的全都是真的。那是泡沫经济马上要结束时的事。这条商店街也成了开发商的目标，危险的家伙连日来在此出入，挨家挨户地威胁着商铺。如果只是威胁还好，但那时发生了悲惨的事件。反对开发商运动的会长的女儿，即自行车店家的女儿，被不知什么人强暴了。对方是好几个人。女孩因此而痛苦不堪，一个月之后在自家房梁上用晒衣服拧成的绳子上吊自杀了。那个名叫智子的姑娘，还不过是高中二年级的学生。

那时候，咖啡屋被开发商中一个叫青野的男人造访了。从口气判断，能知道他就是强暴事件的主犯，行介的愤怒达到了顶点。他用那经过柔道训练的结实的手，一把抓住了青野的头发，几次将他撞在支撑着店铺的八寸柱上。

由于青野的死，行介被判刑八年，被送到岐阜监狱服刑。这期间，他的恋人冬子在父母的劝说下相亲结婚，离开了商店街。

等待刑满归来的行介的，是卧病在床的父亲芳治和老旧的咖啡屋店铺，还有密友岛木，以及不知何时从夫家离婚回来的冬子。行介继承下老旧的咖啡屋，一个人重新开了店，那之后大概半个月，芳治由于心脏病恶化而去世了。

这是大约两年前的事情。

“杀人，是怎样一种感受？”山下直视着行介，表情丝毫没有开玩笑的意味。

“杀人就是……”面对山下真挚的表情，行介用干涩的声音说，他心脏的跳动加快了。

“变成野兽，再也变不回人了。”行介盯着山下的脸，一口气说完。

“变不回人了。”山下自言自语般地念叨。

“问了你不好回答的问题，真是对不起。”山下忽然露出快哭出来的表情说道，对着行介猛地低下头去。

再抬起头来，山下猛地抓起咖啡杯往嘴边送，咕咚咕咚地喝了起来。

“很好喝，真的。完全想不到这是杀过人的人煮的咖啡，真的，很好喝。”这次他用很爽朗的语气说着，露出微弱的笑意来。

“那个混蛋，到这里来，看着你的手说了那些话吗？这世上有能做的事和不能做的事情，对吧，阿行？”

这是山下在咖啡屋露面后的次日，岛木听了行介的话，怒气冲冲地说道。

“对我说这种话也没用啊。做这事的人是山下，又不是我，你愤慨的对象搞错了。”行介微笑着答。

“这儿只有我和你了，只能对你发牢骚也是没办法的事啊。”岛木绷着脸回答，一口气喝干了杯子里剩下的冷掉了的咖啡。

“还说了别的什么吗？”将杯子放回碟子上的岛木看向柜台内的行介。

“还有牢骚话罢了。”行介只是如此说。

“牢骚话，是三年前山下鲜花店倒闭的事情吗？”岛木露出吃惊的神情来。

“那时候，夫人的反应似乎让山下受了很大打击。”

“他的夫人是康子小姐吧，我记得她是个老实又有礼貌的人。”

“那个老实又有礼貌的夫人，当时完全变了。”

据山下所说，那时候康子似乎说了下面这样的话。

“店铺会倒闭，我觉得全都是你的责任。就算我再怎么努力，身为店主的你经营生意那么没干劲的话，早晚也会……而且，为什么瞒着我借了高利贷呢？就算自作主张也该有个限度。”康子如此大声地斥责道。

“那是因为你……到底该怎么说才好呢，我是不想再让你操心了。这就是我真实的想法，所以，才悄悄地……”山下支支吾吾地说。

康子斩钉截铁地说：“虽然被你的温柔和善良吸引，和你在一起了的我也有不对，但温柔也该有个限度吧。这根本就不是温柔，你只是胆小懦弱而已。”

“就算说我胆小懦弱什么的，我本来就是这样的人，现在才……”山下用快哭出来的声音说。

康子的声音变得粗暴：“这以后打算怎么办呢？干脆点回答吧，是拿出做生意的必死觉悟来重振花店，还是要考虑其他的出路呢？”

被这么问，山下却连如何回答都不知道。到底该怎么办，山下自己也不清楚。连自家开的鲜花店都失败了，做买卖什么的是不可能的吧。

不管怎么说，讲心里话，山下是想要被康子安慰的，想要被治愈。正是因为在这种时候，才更想听温柔的话，想要一起哭出来，才能感觉今后该怎么办从现在开始想也来得及。

“这种事，现在就先告一段落不也挺好吗？暂时就我们夫妇和孩子三个人一起忍耐一下，不管怎么说，我遭受的打击才最大不是吗？”这是他的真心话。

他意识到康子的脸色变了。

“你在说些什么悠闲的话？这时候要是不努力，会变成什么样呢？你就不能稍微让我看看你的干劲吗？别再给我说这种孩子一样的话了。”康子用两只手捶打着面前的榻榻米，不停地捶打着榻榻米。

上小学六年级的儿子草太，眼泪汪汪地看着他们两个人。

“那家伙，说了这种事吗？”听完了这些话的岛木，发出吃惊的声音后叹息了一声。

“虽然不管怎么看，对于夫人，山下都不应该抱怨什么。”行介轻声说。

“那是当然了。那种时候，只要是女人，谁都会那么说的。反而想被安慰什么的，根本是本末倒置，真是男人中的败类。”岛木真的很生气地说。

“可能因为我进了监狱，完全不知道这些事——所以他才想跟我说这些话吧？”行介低声说。

“是吗，那时候你还在监狱里啊。”岛木用沙哑的声音说。

“不管怎么说，那家伙实在太软弱了。虽然这也是小时候父亲死了，被母亲惯着养大的缘故——常说男人都有恋母情结，他可真是恋母情结的杰出代表。”岛木十分痛快地说。

“他没有兄弟吗？”

“有一个姐姐，在那家伙上中学的时候就嫁人了吧。母亲也是，大约十年前去世了。”

“这么说的话，他的夫人也就成了母亲的替代品吗？”

“就这方面而言，他也是很厉害了。不管怎么说，真是恋母情结的代表啊。”岛木用说给自己听似的语气道，“然后夫人就厌烦并且离开了吗？这也是没办法的事情吧。”

“山下说那次争吵发生后没过一周，就从妻子的老家千叶那里寄来了离婚协议书。”

“然后就皆大欢喜地离婚了吗——女人真是厉害啊，一旦下定了决心行动就很快。”

“不，稍微有些不同，似乎是还没有正式离婚。”

“还没有离婚吗，那是？”岛木发出震惊的声音。

“寄来的离婚协议书还没有签名，就在山下这里放着呢，他似乎是没法下定决心的样子。”

“没法下定决心——事到如今了，还是这副狼狈相吗？

就算没男人样也该有个限度吧。怪不得店完蛋了，老婆也跑了。真是自作自受，这家伙完全没有资格发牢骚。”岛木总之是严厉地批判着山下。

“不，真正发牢骚是在这之后——总之山下接连发出了对自己当下悲惨可怜境遇的哀叹。”

那时候山下说了这样的话：“很晚才回家的时候，站在黑暗的玄关处，偶尔会不由自主地流眼泪。全身都被寂寞感侵袭，不敢走进家门，感觉会不会就这样被黑暗吞噬消失不见了。虽然一个大男人在玄关处发抖真是太没出息了，但抛开道理来讲的话，那真是太孤独了，太孤独了。我真是个没用的人。”

不断说着这些话的山下，双目润湿，肩膀微微颤抖，紧紧地咬着嘴唇。

“这个啊，虽然心情是能理解的。”果然，即便是岛木也转成了和缓的口吻，“快五十岁了，没有家，也没有财产，望向将来，一点光都见不到，等着他的最多不过是孤独终老。他那个家也抵押了借款，但应该是碍于情面才让他住的。似乎是说比起找到买主之前让房子空着，不如住人进去对房子比较好。不过这种不景气的时候，想买那种二手房的好事者也没有就是了。”岛木深深叹了口气。

“怎么了，就你自身而言，是想象到了因出轨被夫人厌恶而赶出家门的情形吗？”行介一边笑着一边恶语相向。

“胡说什么，才不可能发生那种事呢。”岛木沉声说。

“你那边如何，之后安慰了那个混蛋吗？”岛木兴趣盎然地问。

“安慰什么的……我倒是把上次的话跟他说了。”

“上次的话？”

“特等席的事。说看到山下坐在那里，可是有人会很羡慕的。”

“然后那个混蛋说了什么？”

“他露出了很开心的表情，然后——”

那时候山下这么说了：“特等席吗？是这样吗？那是特等席吗？仔细想想的话，似乎可以这么说。不知道什么缘故，木绵子小姐对弱者特别温柔……当然，她对我只是单纯的可怜，虽然我很清楚除此之外什么也没有——但对不得志的我而言，那个特等席就像是神明唯一的赐福一般。”这么说着，山下的脸上露出至今为止从未见过的笑容来。

“那个混蛋，竟然厚颜无耻地这么说吗？什么不得志，全都是他自作自受不是吗？真是个任性而软弱的混蛋。”

不知道是不是真的很生气的缘故，岛木抓着已经空了的杯子往嘴边送，意识到之后，感觉很可气似的把杯子发出声响地放了回去。

“但是呀，阿行，山下他还真是跟你说了好多话啊，这点我以前可没想到。”岛木叉着手臂说。

“关于这点——”行介有件在意的事，“不管是我手的事，还是相关的质问，我担心都和那个有联系。”

“担心，是指什么？你到底在担心什么？”岛木这么说着，忽然就喊出了声。

“难道说，你觉得……”岛木出声地咽了一口口水。“他想和木绵子一起，强迫殉情。”

对岛木的话，行介微微点了点头。

“我的结论也是一样。不管怎么想，都只能想到这个。

这么想的话，会特意来这家店也就说得通了。不管怎么说我也是……”行介的话尾含糊其词。

“那怎么办，请求警察保护吗？不，只是臆测的话警察是不会出动的，这个理由太牵强了。”岛木自言自语道。

“不如，紧急告知木绵子小姐吧，让她留神山下。”岛木大喊一般地说。

“但是，如果搞错了的话，会变成很糟糕的事情。又没完全判定事情就是这样，全都没有超出臆测的范畴。”行介把粗壮的手臂交叉起来，“反正你每天晚上都会去，暂时就到打烊之前，留神山下的行动吧。然后就是在时间允许的前提下，到那家店周围巡视警惕。反正店铺有夫人照料，这条街上闲着的也就只有你了。”

对行介讽刺的说法，岛木没有生气，而是频频点头。

“是吗，只能由我来守护了啊。是这样啊。”岛木盯着空气，嘴里咕哝着说。

岛木从那天开始每晚都去伊吕波，一直坐到山下离开为止，特等席上倒是也没有什么特别的异动。

木绵子造访咖啡屋，是在山下来过后第五天的下午。

木绵子从入口进来，径直走向柜台前。

“我来了。”木绵子微笑着低下头。

“欢迎光临……请。”行介一如既往地板着脸答，用眼神示意她请坐。

就猜她应该会来一次，但也没想到会来得这么快。行介有些不知所措，他不明白木绵子向自己表示关心的原因。硬要说的话，只有自己的过去了。但若果真如此的话，又不知道这是为什么了。

“真是个好店啊。”木绵子点了白兰地咖啡，坐在圆椅子上环顾起店内。

“只是老旧的店铺罢了。”行介生硬地回答。

“这也是了不起的财产啊，岁月是很贵重的。我最喜欢古物了。”木绵子这样说着，又露出微笑。

“十分感谢。”

不是很擅长谈话的行介，就此缄口不言，专心泡起了咖啡。一个其他的客人都没有，周围充满了压抑的空气。行介装作不知道木绵子的视线在注视着自己的右手。

“很烫，请小心——”行介将咖啡倒出来，把冒着热气的杯子放到了木绵子面前。

“真的，很烫呢。”木绵子发出很开心的声音，谨慎地将咖啡杯用手端起来凑到嘴边。她噘起嘴吹了好几次，那是宛如孩子一般的举止。

“真可爱啊——”行介心中不由得浮现出这句话来。

“真好喝！”木绵子呷了一小口，十分开心地说。

“非常感谢。”行介很自然地笑了起来，他心里有种说不出来的高兴的感觉。

“行介先生没有结婚吗？”木绵子唐突地问了一个难以回答的问题。

“结婚……”行介只说到这儿就停顿了，“和我这样的男人结婚什么的。”他低声作答。

“记得岛木先生说您和青梅竹马的冬子小姐关系很好。”木绵子倒是很清楚地记得。

“所谓关系很好，只是合得来罢了。”行介小声说。

“木绵子小姐结婚了吗？”行介反过来问，他感觉这样会避免对方进一步探究。

“结过一次，失败了，那之后就没有……”之后的话被木绵子含糊了过去。

含糊之后，木绵子用鼻子轻哼了一声。依旧是可爱的举止。

那之后两人就沉默了。

触碰到了双方都不能触碰的部分，两个人之间的气氛很僵硬。木绵子沉默地喝着咖啡，行介则始终站在她面前。

这时候门铃轻声响起，有谁进了店里，笔直地向着柜台这边走来了，那是冬子。

“你好，阿行。”冬子的声音格外明快。她说了声“抱歉”，坐在了木绵子身边。

“一如既往，白兰地咖啡。”

冬子话还没说完，行介就点燃了酒精灯。

“难道说……”木绵子的视线打量起冬子。

“您就是冬子小姐吗？”木绵子满面笑容地说。

“是的，我是冬子。但是，您为什么知道我的名字？”冬子脸上露出惊讶的表情。

“岛木先生，前几日说过您和这里的老板关系很好，所以——”木绵子说着，脸上再次绽放出笑容。

“岛木这么说吗——如此说来，您就是木绵子小姐吧？”

“是的。我是伊吕波的木绵子，请多指教。”

虽然是坐着，但木绵子恭敬地低下了头，冬子也相仿她礼貌地低头。

“跟传闻一样，您真漂亮呢。”木绵子凝视着冬子的面庞，说道。

冬子也盯着木绵子的脸看了半晌后开口：“十分感谢。”

虽然以为冬子会说“木绵子你也很漂亮呢”这样的话，但冬子没有再说什么。

之后两人就互相看着对方，开始拉拉杂杂地聊天。时尚、话题新闻、街上的事情等等，两人宛如旧识般无忧无虑地聊着天。行介看着她们两人的样子，感觉很吃惊。这对行介而言，是一门学不会的绝技。

过了大概一个小时，木绵子以需要准备开店为由回去了。

“木绵子小姐经常来这里吗？”冬子用很平常似的语气问。

“今天是第一次来。”行介也很平常地答道，轻叹了口气。

“冬子，要添咖啡吗？当然，算是我请的。”行介看着那空了的咖啡杯，用尽可能温柔的声音问。

“不用了。”冬子一口拒绝了。

“漂亮的人啊。”冬子用不带抑扬的声音说，将双手的手指在柜台上交叉，“年纪比起我来还要小一些。”

“……”

“那个人，似乎喜欢阿行你呢。”冬子直截了当地说。

“我觉得不是的。”行介马上说出否定的话来。

“不是，为什么？”冬子细长的眼睛直视着行介。

“虽然她确实对我表现出关心，但我觉得不是喜欢或讨厌的问题。”

“那是怎么回事呢？”冬子探出身子问。

“那个人关心的不是我自身，而是我的手……我有这样的感觉。”

“阿行的手？”冬子嘟哝着说，然后发出了近似悲鸣的声音。

“但是，这是怎么一回事呢，到底是怎么回事呢？”冬子露出满面疑惑的表情来。

“我也不清楚原因。不管怎么说，她真是个满身是谜的人啊。”行介微微地左右摇了摇头。

“哼，是这样啊。”冬子发出孩子赌气般的声音。

“我还是再来点咖啡吧。”冬子将视线从行介的脸上移开说。

今晚店里也座无虚席。

行介和岛木在柜台的一端挨着坐了下来，特等席上坐着的，果然是山下——

虽然进店的时候互相交换了目礼，但除此之外就再没有交流了。但是，不管怎么看，山下的样子都很奇怪。

往常就只是老实地坐着，今晚他的身体却时常微弱地颤抖。他的脸色苍白，嘴唇干裂，虽然使劲用舌头去舔，却显得更显眼了。

“看，奇怪吧。”岛木在行介耳边低语。

“确实啊。”行介简短地回答。

“不知道他是打算现在就行动，还是打烊以后再行动——不管是什么时候，要是有个万一的话，到时候就看你的了。”岛木叮嘱似的说。

岛木往行介店里打电话，是在今天中午的时候。

“实在很在意昨晚山下的情况啊，该说是不安宁呢还是焦虑呢。因为清楚地看到了他那个样子，所以我才给你打电话的。”

接到了这样的电话的行介，和岛木在咖啡屋碰头，两人一同来到了伊吕波。

“欢迎光临，行介先生、岛木先生。”木绵子站在两人面前，笑脸相迎，岛木的表情十分有趣，看来是对后招呼自己的名字这件事在意得不得了。

两人适当地点了一些关东煮和啤酒。

“上一次多谢款待了。如传闻一样，冬子小姐非常漂亮——”木绵子这么说完，从两人面前离开了。

“喂，木绵子小姐去咖啡屋了吗，然后和冬子碰面了？”岛木用轻但有力的语气说。

“只来了一次，正好那时候冬子也来了。”行介依旧看着山下所在的前面，回答道。

“那碰面以后怎么样了？发生了什么吗？”

“不可能发生什么吧——比起这种事，今晚我们有重要的任务吧。”行介打断了岛木的话题，注视着假装什么事也没有的山下。他低着头，像在思考什么一般身体蜷缩成一小团。

行介和岛木一边继续点着关东煮，一边注视着山下的动向。

时钟指示超过了十点半，到了关店前的三十分钟。

“不管怎么说，也应该不会在这种有人的时候动手吧。动手的话应该是在深夜——要是这样的话，今晚就得通宵轮流值守了。”岛木喝了口啤酒，说道。

“不，要动手的话，我觉得他会选在这儿。”行介咕哝着说。

这是毫无根据的猜想。虽然没有根据，但山下若想和木绵子强迫殉情的话，行介觉得应该就是在这里了，除了这个特等席之外……

发现山下的右手伸进了上衣胸口处，行介的心怦怦地跳了起来，那怀里握着的是……

“喂。”身旁的岛木用急切的声音说。

“知道了。”行介简短地回答，脑子连忙思考起来，可以的话他不希望酿成大事故，最好在双方都不受伤的情况下稳妥地处理好。

所幸木绵子还站在柜台的中央，靠近山下的时候就危险了。要是他怀里放着的是厚刃菜刀之类的，一口气刺过去的话——想了许多的行介，看到山下旁边坐着的一个客人离席了。

那个人站起身来，向着入口旁的收款台走去了。行介立刻就站了起来，坐到了那个空着的椅子上。

“啊，行介先生，您换位子了啊。饮料和关东煮，要帮您移过来吗？”木绵子靠了过来。

“不用，还放在那儿就好。”行介用右手制止了木绵子的动作。

“山下先生，需要茶吗？”木绵子露出和煦的笑容，就这么向这边靠近过来。行介清楚地感觉到身旁山下的身体立刻充满了紧张感。

行介的右手悄悄地搭在了山下的后背上。他缓缓地搓着山下的后背，那手的动作像抚慰一般。

而山下的身体猛地一哆嗦。行介的右手感觉到山下全身的力气一下子抽空了，微微地叹了口气，轻拍了拍山下的后背。

“啊，茶就不用了。”山下的喉咙发出卡住了一般的声音。

“是吗，想喝的时候请随时说哦。”木绵子保持着笑容，回到了柜台中央。

“在一个地方待太长时间，心会蒙上阴云的，就像不流动的水会浑浊一样——”行介在山下的耳边耳语一般道。

“是啊……对不起。”山下老实地低下了头，他身上的力气完全卸去了。

“那，请下次再到我店里喝咖啡吧。”行介只说了这些，就从山下面前离开，回到了原来的座位上。

“喂，怎么样了？这样行吗，事情了结了吗？”岛木小声询问道。

“结束了，已经不会出事了，没关系的。”行介用右手捶了岛木的后背一下。

次日起，山下就再没有在伊吕波露过面，似乎是搬到哪里去了，家里也不像是有住人的样子。

一周后，行介收到了一封信。

寄信人是山下，邮戳显示是千叶邮政局。就站在柜台中，行介急忙将信封拆开，看到了一排排规整的小字。

上次真是非常感谢。

我差一点就做了不可饶恕的事情，被宗田先生揉搓后背的时候，老实说真是松了口气。好似附体的邪魔退去了般，身体变轻松了。

同时，我的心里涌起了这样的想法：这里并不是我的特等席，有些东西感觉不够。在踏出店门的那一刻，我终于意识到了是什么不够。

孩子，我的儿子草太。那之后已经过了三年，他现在应该是中学三年级的学生了，我忽然非常非常想见到草太。

现在我人在千叶，落脚在一个小客栈，写了这封信。

明天我就打算去妻子所在的娘家，去寻求我真正的特等席。可以的话，想要恢复原来的生活。当然，计划做生意或者做些别的什么。如果妻子能原谅我的话……

这可能是句废话，我手边还有坐上那特等席的票证，那还未署名的离婚协议书——我现在打心眼里祈祷这张票还能用。

不管会是怎样的结果，我都打算再次拜访咖啡屋。

能喝到那么美味的咖啡，真的十分感谢。

行介的脸上绽开了笑容。

从邮戳来看的话，山下去造访康子的娘家，应该已经有结果了。行介认为一定会是个好结果。不，是他希望是个好结果，希望他们一家三口能够重新开始。

“怎么了，阿行，发生什么了吗？你一脸很开心的表情——那是谁寄来的信？难道说，是伊吕波的木绵子小姐寄来的信吗？”在柜台上托着腮的冬子，绷着脸问。

“哎呀，是谁寄来的呢？”行介少见地说了句不负责任的话，心里想，自己的特等席在哪儿呢？

眼前一脸恐怖表情的冬子正瞪着他。

2

左手的梦

▶

这是你给我的最初也是

最后的一件礼物，是我唯一的宝物。

茂造站在门前迷惑了。

自己来这家店的目的到底是什么？虽然确实抱着苦恼着的问题，但来这家店应该也解决不了那个问题。可是茂造异常地想见到行介。

盯着那结实的木门，茂造轻轻地伸出了手。一用力，门上挂着的小铃铛发出了清脆的声音。

“欢迎光临。”店内传出了令人怀念的声音。

向内环顾了一周，他发现桌边的席位上虽然坐了几个客人，但与厨房相连的柜台座位一个人也没有。茂造清了清嗓子，朝着柜台座位笔直地走了过去。

站在圆椅子前的同时，行介惊讶的声音传入耳中：“茂造先生！”

“你好，好久不见了，那时候真是受您照顾了……”茂造几乎要弯腰般地深深低下了头。

“这是什么话，受了照顾的人明明是我。总之，请先坐下吧，站着的话没办法安心聊天。”

茂造照行介说的坐了下来。

“白兰地咖啡，可以吗？”行介用温和的声音问。

茂造微微点头，行介立刻将咖啡壶下面放置的酒精灯点燃了。

“是什么时候出来的？”行介低声问。

“大概半年前。本来是想着出来以后直接来见阿行你的，但实在是不好意思登门。”茂造露出一副寒酸相，坦率地说。

茂造的个子不高，头发也很稀疏。

“不好意思登门，那是？”

“虽然出狱了，但像我这样年过五十的中年大叔在哪里也找不到工作。虽然跑了多次免费职介所，但只见到一张张摆出露骨厌恶表情的脸。在年轻人都不好找工作的时代，适合有前科的我的工作实在是……”茂造自嘲似的说。

“这实在……该怎么说呢？”行介的脸上露出苦恼的表情。

“看了那种表情之后，不知为何觉得很难为情，怎么也不好意思到这里来了呢。因为受了阿行你很多照顾，回归社会以后，本想着首先到你这里来的，但现在这种丑态实在是……”

“没有这回事。”行介喃喃道。

“很烫，请小心。”行介这么说着，将放在盘子上的咖啡杯送到了茂造面前。

“啊，真的很烫呢，阿行。虽然不是说有什么必然联系，但这真是美味的咖啡啊。”茂造用有些兴奋的声音说，露出礼貌的笑容。他慢慢地用手端起咖啡杯送到嘴边，出声地喝着咖啡。很烫，烫而美味。

“真好喝啊。”茂造不由得赞叹道。

“那真是太好了，真的太好了。”

不知是哪里太好了，虽然完全不明白行介的话，但听了令人心窝一暖。出狱以来，茂造感觉还是第一次被别人说了这样的话，鼻子深处一热，不禁就要涌出泪来，他咬紧牙关忍耐了下去。

“所以，现在我的身份是吃闲饭的。而且吃的还是中年女人的，实在是难为情啊。”茂造尽量用明快的声音说。

“这么说的话，夫人果然还是在等着您的吧。”行介露出笑脸道。

茂造感觉这还是他第一次见到行介的笑脸。因为在狱中时，行介几乎没什么表情，还以为这是个喜怒哀乐都不会表现在脸上的男人。

“确实是这样啊。这次我判了五年，还以为她一定逃走了呢。结果君代这家伙，依旧住在老旧的东京廉租房里面。”茂造得意地挺了挺那单薄的胸膛。

“挺好的不是嘛。原来还断言夫人一定早就跑了，结果结局是相反的，可少有这么幸福的事呢。”

茂造在狱中到处跟同伴宣传老婆跑掉了，实际上是一种不服输的表现，是为了缓和发现老婆真的跑掉了而痛苦时所行的一种方便。

那时君代说了这样的话。当茂造推开生了铁锈的门时，拘谨地坐在老旧榻榻米上的君代那张满是皱纹的脸看向了他，说：“欢迎回来，辛苦了。”

这么说着，君代忽然伏身在榻榻米上大哭了起来。

君代和茂造同年，五十五岁了。两人在一起三十多年了，脑中能回忆起的都是吃苦的回忆。茂造和君代没有孩子，是一个二人家庭。

君代哭的时候茂造也在哭。不知道进了几次监狱了，这次出狱时如果君代不在了，茂造觉得自己一定会自暴自弃的。然而君代这次也等他了。

“对方是夫人的话，就不算吃闲饭哦。这种说法太过奇怪了。”耳边忽然响起了行介的声音。

“不说吃闲饭的话，该用什么说法呢？教教我吧，阿行。”

“该怎么说合适呢？”行介望了一会儿天。

“是那个，茂造先生，料理家务。我觉得这样比较好吧，因为是夫妇。”行介正面看向茂造的脸。

“料理家务啊，不知怎么有种女子气的感觉。不过，确实是比吃闲饭这样的说法要好。”茂造自言自语似的念叨着。

“不，虽然这样是不错，但我果然还是在吃君代的闲饭，是个麻烦。用料理家务这样的词，只会让我安于现状，无法做出表率。用吃闲饭这种蔑视自己的话，则能成为努力找工作的助推力。”茂造用坚决的语气道。

“做出表率吗？这么说的话可能是啊。但是，有这般气概的话，一定很快就能找到工作了。可以的话，最好能找到让您那黄金左手发挥作用的工作呢。”

黄金左手——这是左撇子的茂造在监狱里常挂在嘴边的话。原本是钟表匠的茂造对精密仪器十分在行，特别是对开玄关大门和金库手到擒来。但也因此受其所害，多次盗窃，数度出入监狱——当然，行介指的并不是开锁，而是做钟表匠的本事。

“这只手吗……”茂造看着自己那就男人而言很细的手指，微微叹了口气，眉间皱起深深的皱纹。

“茂造先生，你是有什么事想商谈，才到这里来的吗？”行介余光观察着茂造的样子，用真挚的语气问。

“不，不是那样的。”茂造觉得自己像是被行介看透了内心，连忙用左手端起咖啡杯，发出沙哑的声音。

“那就好，但如果有什么烦恼的事，还请不要客气地跟我说说。只要是我能力所及，一定会帮忙的。”行介看向茂造的眼睛。

“没有那种事。我只是想来看一看在狱中对我多有照顾的阿行你罢了，没有其他理由了。”

其实是有的。只是，如果和行介说的话，他知道会得到什么回答。行介一定会给他一个跟任何其他人说都会得到的相同答案。

“真是荒唐，还是别干了。”一定会是这句。

既然回答是肯定的，商谈什么的也是无济于事。那便不是商谈，只是抱怨了，那完全是给对方添麻烦而已。

“但是，怎么说好呢，该说是一味地给老婆添麻烦很苦恼呢……还是到了这个年纪，一件美好的回忆也没给她留下呢？忽然想说说这种话，而到这里来了吧。”

虽然尽量用明快的语气说了，但这和茂造的心里话是相左的。君代在附近的中华餐馆工作，一直疲惫不堪地干到深夜，收入很少，仅够维持两人吃饭。加了茂造一个人，确实生活更加艰难了。

“这——”行介瞬间语塞。

“对了，我有一件想要拜托茂造先生的事，能稍微等我一下吗？”行介很快说完，就消失在柜台的深处了。

就这样，他去了很久也没有回来，再回来是十分钟之后，手里拿了一个小箱子。

“就是这个。”行介将箱子递到了茂造面前。

这是个箱根细工[1]的小箱子，也就是所谓的“魔法箱”，由木块拼花做成，将各部分按照一定顺序推拉就能不用钥匙把盖子打开。

1　日本箱根地区（神奈川县）特产的一种传统工艺品，已有200年的历史，其中最为有名的为密码箱，由于设有保密设置，要打开箱子，必须懂得开启方法。

“这不是细工吗？”

“如您所说，这是个箱根细工的箱子，但凭借我的力量怎么也打不开。看起来里面似乎放了什么东西，实在是很在意。如果是茂造先生的左手的话，我想说不定能打开，这是我从库房里翻出来的。”行介一口气说完，露出苦恼的表情。

拿起箱子的茂造轻轻摇了摇，果然里面传来了什么东西的声音。不是很沉的声响，而是很轻的。

“这是？”茂造手里还拿着箱子，询问。

“这是前年父亲去世后，我整理库房发现的，无论怎样都打不开，很苦恼。正巧茂造先生您就来了……”行介用很不好意思的表情一口气说完。

“也就说，里面放的是过世的父亲的什么东西了？”

“也不敢肯定。因为这箱根细工似乎是我出生之前就在这个家里的老物件了，里面放的到底是谁的东西完全不清楚——而且和现在的东西不一样，像是很精细制作出来的，要打开很困难。”

“以前的箱根细工吗？”茂造念叨着，“也就是说，阿行你让我把这个打开是吗？”

茂造意识到自己不知不觉间展开了笑容。虽然他的专门领域是五金，但不管质地是什么，拒绝开启的机关都是一样的。

“可以的话，是的——这样一来，我心中的结就能解开了。”行介低下了头。

茂造的心怦怦地跳起来。

“这种事情拜托我的话，不过是小事一桩。话虽如此，我这几年都没再碰过这种事了，能否满足你的期待就不清楚了。”茂造满面笑容地说。

和最新式的金库和门锁相比，就算是以前的精致制作，打开应该也没有任何问题。

“给我五分钟，阿行你心中长年悬挂着的石头应该就能放下了。”茂造脸上露出无畏的笑容，右手拎着木箱仿佛能穿透一般地看着，他用左手轻轻地拎起箱子的上部。

“要打开了哈。”茂造吆喝一般地低声喊道，开始左右开工。

过去了五分钟。茂造把木箱表面的各处拼接木板都推了一遍，虽然变成了不规则的样子，但盖子还是没有打开的迹象。

过去了十五分钟。虽然表面的样子变得更加不规则了，但箱子自身见不到任何变化。

茂造知道自己的额头渗出了黏汗。不应该是这样的，就算再怎么说，也不过是个木箱罢了。以自己的本事而言，应该能很简单地打开才对。然而，这是为什么？他感觉很焦躁，汗水从额头滴落到了柜台上。

过去了三十分钟，茂造深深地叹了口气。

“茂造先生，请不要勉强。不管怎么说这是个木箱，而不是茂造先生您的专业领域。”行介用很为难的声音说，脸上明显地露出因为找错人而后悔的表情来。

“啊，怎么说好呢。”茂造用袖口擦了擦前额的汗水。

“似乎是小看以前匠人的技艺了。但是，这样的话我作为开锁匠的面子是保不住的。所以……”茂造盯着行介的脸看，“所以，这个箱子可以先让我拿走吗？我带回家以后好好地挑战一下。当然，要是打开了的话，我绝对不会看里面的，那时候就带着箱子到这儿来，然后阿行你自己来确认里面是什么。”

“这自然是没问题。但是感觉好像拜托了茂造先生奇怪的事情，是该说给您添麻烦了，还是说实在是对不起好呢。”对茂造提出的申请，行介露出惶恐的表情。

“说什么添麻烦的话。连打开一个木箱都做不到我才该感到难为情，阿行你完全没必要这副表情。”茂造说完后看向柜台，看到几乎就没怎么喝的冷掉了的咖啡。本想着作为礼仪应该喝光才是，手却没有动。因为觉得连一个木箱都打不开的自己，没有喝的资格。

“那我就此告辞了。”茂造猛地站了起来，“不管打不打得开，两三天内，我一定会还回来的。”

茂造在想要不要拿这个木箱打赌，感觉这样的话最好不过了。

要是自己能打开这木箱，就接受他们的提案，落进地狱去也无所谓。但是，要是打不开的话，那就干脆地拒绝这次的工作，不管遭受他们怎样的对待都不答应，然后就从开锁匠这一行金盆洗手。茂造在内心深处起誓道。

没有热晚饭的心情，茂造把没能打开的箱根细工从纸袋中取出，放在了破旧的榻榻米上。

虽然应承了下来，但自己到底能不能真的打开它呢？茂造仔细地看着箱子。上部分两厘米左右的拼木贴片下面，是比其他的部分看起来要稍微大一些的空间。也就是说，推开这里的话，应该就能打开这个箱子了。而到这一步应该要经历相当长的过程，至少要有三十步以上……如果这是真的，那自己真的能做到吗？

不，不得不做。这是身为开锁匠的自负心，若打不开的话，自己的自信会粉碎。但是，要是打开了的话，那些家伙就——

那是约一周前的事。

不知从何处知道了自己出狱的消息，在君代不在的傍晚，以前一起盗窃的同伙登门造访了。

一个是名叫井上的发小，另一个却是没见过的男人，一脸凶相。

“这位是矢部先生，因为做事大胆，在业界很有名。”井上如此说。

“你就是那个，无论多么坚固的锁都能打开的茂造先生吗？请记住我，今后多多关照。”名叫矢部的男人，用隐含锋芒的眼神审视般地看着茂造，露出嘲讽的笑容。

茂造的后背忽然感到一阵寒意。这家伙很危险，是那种陷入绝境会挥刀相向的家伙，而且多半会毫不留情。

“所谓大胆，是什么意思？”茂造自言自语一般说。

“所谓大胆，当然是如字面意义一样的大胆了。用年岁大的人也能听懂的话来说，就是有胆量。”矢部露出嘲弄的笑容说。

“那这位大胆的矢部先生，找我和井上先生有什么事呢？”

“想干一件赚钱的事。那可不是一百万、两百万的数字，是更进一位数的金额。”矢部很高兴似的说。

“更进一位的金额！”茂造的喉咙咕哝着动了一下。

“从监狱里出来，反正到处都找不到正经工作吧。这样下去一定会变成没用的废物，被逼得走投无路直到回到监狱的围墙里吧？开锁匠茂造先生。”

看样子两人是调查了茂造现在的状况才来拜访的。

“那样的话，不如蹚入大河，赚一大笔钱比较聪明不是吗？于是就来邀请你了。”矢部用施以恩惠的口吻说。

“蹚入大河的话，被手铐铐住时会受到很重的刑罚……”

“说什么丧气话，重点就是不被抓住就好了。很快地闯入，很快地打开金库，再很快地逃走。只要能做到这样就不会被抓住的。”

“所以这就需要茂造先生出场了。”井上接茬道。

“打开玄关和金库的锁是必需的，但这对我们来说是不可能的。所以，这件事想要成功的话，必定要借助茂造先生你的本事，所以我们才来请求你。”

并不是什么大事，只是关于盗窃的谈话。

“目标家庭是位于大森的名为市桥的资产家的房子，孩子们都出去了，剩下的只有年过七十岁的爷爷和奶奶。作为目标的那以亿为单位的钱款，似乎是信不过银行，而在自家金库中保管着，这点我们已经调查证实过了。然后，那个目标金库，就稳稳地放在起居室的电视旁边，我已经用自己的眼睛确认过了。看起来，那家的爷爷是个不把金库放在自己眼睛始终能看到地方就会担心的老爷呢。”

“用自己的眼睛确认过……井上，你是闯进过那家了吗？”茂造用吃惊的声音问。

“别说得这么难听，茂造先生。是以前那个办法哟，用球砸碎他家的窗户玻璃，然后作为善后，戴上手套去进行扫除。趁着那时候我好好确认过了。”井上满不在乎地说。

“啊，还有这一手啊。那么，这是多久之前的事？”茂造提醒似的问。

“不用担心，这已经是半年前的事了，不可能会联系到这次的事的。也就是说，从那么久之前就已经开始准备了。”

“是吗，半年前啊。那，那个金库，到底是什么样的？”茂造的眼神带着亮光。

“这正是我想听的，不然谈话进行不下去了。型号很可惜，不是茂造先生最得意的最新式，而是老式的，很古老，在我看来应该是昭和四十年代[1]的东西。高度大概有一米五，不用说，是带号码盘的那种看起来很结实的沉甸甸的家伙。”

“昭和四十年代带号码盘的样式呀。以前的东西，或是能很容易打开，或是很难打开，差距十分极端啊。不惜金钱精细制作的东西是很棘手的，虽然如果是便宜货的话，不管是多大多结实，用不了五分钟就能打开了。”

“但是，到底是好开还是不好开，不试试的话就不知道了吧。”

“确实是这样啊，不坐在金库前，把耳朵贴上去听，就不会知道的。”茂造用慢悠悠的语气说。

“若是遇到了难开的情况，需要多长时间呢，茂造先生？”矢部终于用发亮的目光看向茂造。

“三十分钟到一个小时吧。”茂造很干脆地回答。

“三十分钟到一个小时啊。总会有办法的，没准儿会是很容易打开的便宜货也说不定。好，决定了。事情就是这样的，拜托了，茂造先生。”矢部露出令人讨厌的笑容来。

1　昭和是日本天皇裕仁在位期间使用的年号，时间为1926年12月25日—1989年1月7日。

“等等，我可是一次都没说过答应了啊。”茂造责难般地说。

“让你白听了这么多，没有这种事吧。从你开始听，就算是答应了不是吗？对吧，茂造先生？”矢部的凶相显得更加残暴了。

“听到的这些事情，即便对家人和兄弟，我都不会讲的。我认为这是作为真正盗贼的品质，矢部先生。”

“你这混蛋，还真敢这么说啊。”

就在矢部喊起来的时候，井上介入了进来：“算了算了，要是现在内讧怎么能行呢，还是更稳妥些谈吧。”

“虽然只是为了确认而问一下，任务要怎么分派？”茂造对挂着礼貌笑容的井上说。

“我在出入口负责放哨，茂造先生的话不用说自然是负责开玄关和金库的门。矢部先生则是万一被老头儿发现了的话，负责处理的。简单来说就是如此。”

“被发现的时候负责处理，到底是什么意思？难道说……”茂造很认真地盯着矢部的脸。

“我不会杀人的，放心。我可还不想戴上手铐呢，只是会让他睡过去，不用担心的。”

如果事情进展一切顺利是没什么问题，但一旦出了什么差错，茂造感觉这个男人会毫不犹豫地杀人。虽然他不希望这感觉应验。

“那么，答复是什么？”矢部的脸上又浮现出那嘲弄的笑容。

“十天后——”茂造丢出这句话。

“十天后会再来的，等着你给个好回复啊。不管怎么说，主角都是茂造先生你啊。”

“是啊是啊，一人顶上千万人呀。这可是一大笔钱啊，那样的话，茂造先生也能让老婆轻松些了，就不用在那种饭馆里，像家鼠那样忙得团团转了。这就全当作是，回报一直以来辛苦的老婆吧。”

玄关响起了声音。

君代回来了，时钟指示已经超过十一点了。

“哎呀，还没吃晚饭啊？”君代看了眼厨房，发出吃惊的声音，走进了六叠[1]的起居室。

“机会难得，就想着不如一起吃吧。”茂造温柔地说。

“嗯，是吗？”虽然用怀疑的目光打量着茂造，君代还是发出开心的声音。

“那么，既然这样的话，就简单地做点什么吧。”这么说着，君代的视线捕捉到放在榻榻米上的箱根细工。

“那放着的是什么稀罕东西啊，老头子？”君代一屁股坐了下来。

“实际上，今天我去了在那边一起的行介先生的店。”

茂造将事情的始末都讲给了君代听。

“嘿，还有老头子你也打不开的东西啊。”听完之后君代这么说，端详起那小箱子。

“以前的匠人中，有着令人不可置信的热衷性情的人在啊。我正在跟这家伙较量中。”这么说的时候，茂造的脑海中忽然浮现出“以前的细工箱和以前的金库”这样的话来。

1 叠是日本计算面积的单位，就是一张榻榻米的大小。

“那么，以老头子你的本事打得开吗？这又不是金库，而是个木质细工箱子。”

“就是觉得能打开我才暂借回来的，你可别错估啊。”茂造用很不服气的表情说。

“我倒是觉得打不开比较好呢。这样的话，老头子你就会对自己的本事失去信心，走上正经的道路了吧。”君代用太过明朗的声音说。

“这，你——”茂造用沙哑的声音说。

“但是，行介先生的话，是在那边没少帮助老头儿你的恩人一样的人吧。这么说的话，还是打开比较好。果然还是很在意里面放的是什么啊，为了恩人打开吧。”

恩人——宗田行介对茂造而言，确实是恩人。

有着寒酸的外貌和身材的茂造，在监狱中没少被人欺负。而在半年前左右进的岐阜监狱，这种现象特别严重，那时候站在茂造面前的人是行介。

被欺负的原因是茂造发出的豪言壮语，那是茂造一如既往的口头禅：“我的骄傲，就是自己的黄金左手。”前面还可以再加上这样的话：“达·芬奇和宫本武藏都是左撇子，我茂造大人也是左撇子。”

就这样，他持续说着黄金左手这样的话。虽然茂造对自己的本事就是这么有自信，但在别人听起来，这绝不是什么愉快的事情。除此之外，茂造还一脸寒酸相，作为被欺负的对象而言，是十分合适的存在。

发生小摩擦而被揍时，保护着匍匐在地的茂造的人是行介。

经过柔道锻炼出来的，有着肌肉发达的硕大身躯的行介站在面前，大部分人都被压制而退后了。行介虽然只是瞪视着没有说话，却没有谁敢上前了。行介是因为杀人罪而被收监之身。

“不要太炫耀自身比较好。”行介帮过茂造之后，一定会说这样的话。结果就是，茂造不再炫耀自身，也没再被欺负过。

而这是行介拜托给他的细工箱。

不可能打不开的。但是，如果打开了这个箱子，自己就会和井上与矢部一起……茂造的心中无比复杂。

“我有一件想问老头子你的事情。”君代忽然发出了这样的问话。

“‘达·芬奇和宫本武藏都是左撇子’，虽然老头子你总是这么说，但这是真的吗？”

“这个——”茂造一时语塞。

“达·芬奇以前是被这么说过，武藏就……”茂造话语含糊。

“是骗人的！”君代忽然用很开心的声音说。

“不是骗人的，能那么自由地操作两把刀，不可能不是左撇子吧，这是左撇子比较优秀的证明。”茂造郑重其事地回答道。

放在老旧榻榻米上的细工箱，仿佛在瞪着盘腿坐着的茂造。

虽然明天就是和矢部、井上约定的日子了，可箱子还是没打开。确实是马上就能打开了，但这之后无论怎么操作，箱子都没有反应，毫无动静，现在是束手无策的状态。

“不明白！”茂造愤怒地说，这次是他回瞪着箱子了。

他将那细窄的拼接木板到处推拉，弄成了个很不规则的形状。

“三十一次……”他用嘶哑的声音说。

这是茂造拉动拼接木板的次数。再有一次或两次，动一下哪里，箱子盖应该就能打开了。但是，无论怎么动哪一处，箱子都纹丝不动，实在是让人抱头苦恼。

“要是连这个东西都打不开的话，老旧的金库就怎么也——”茂造交叉着手臂，想着干脆就这样算了。如果打不开这个箱子的话，矢部和井上提出的工作也就一笔勾销了——虽然是自己立的誓，但他从最开始就没想要接这个工作。

虽然数千万这个金额是很吸引人，但矢部的性格很可怕，要是事态糟糕的话可能会变成抢劫杀人。那样的话可就不是被判刑就能完事的了，但是，自己作为开锁匠的尊严……

心不在焉看着箱子的茂造的身体忽然感觉到一股微妙的违和感。

“难道说，这个箱子的构造有什么根本的不同，不是简单地推拉就可以的……”茂造脑海中浮现出这样的想法时，玄关响起了开门的声音。

“我回来了，老头子。”那声音听起来很开心，下班归来的君代现出身来。

“欢迎回来。”茂造用心不在焉的声音回答，视线依旧盯在箱子上。

“好好吃晚饭了吗？”坐在茂造身边的君代关切地问。

“还没吃呢。”茂造低声道。

“也不吃晚饭，就盯着这箱子。虽然想骂你是个呆子，可你这样对身体有害。最近这段时间，你一直都是这样子吧。”君代用很担心的语气说。

“这也是没办法的事吧，这是我拿手的技术工作。”

“工作啊，那开金库也是你的工作了？”

虽然说了很刻薄的话，但君代关于他这只手的抱怨话不是从今天才开始说的，所以茂造也不是很生气。

“是工作啊，这不是必然的吗？”茂造的语气有些粗暴了。

“我倒不这么觉得，你这种不是工作而是犯罪不是吗？”君代把下定决心的话，用很满不在乎的语气说了出来。

“你这家伙……”茂造完全不知道该回答什么，感觉君代奇怪地占着理，就算吵架茂造也赢不了。

“是工作啊。”即便如此，他还是用蚊子叫一般的声音重复了一遍相同的话。

“好。”君代用很有气势的声音说，“一起去外面吃吧，吃点能补充精力的东西。”

“补充精力的东西……没有这个时间还开着的鳗鱼屋了吧？”已经过了夜里十一点。

“即便还开着，也不可能去吃那么奢侈的东西吧。”

说着，君代就抓起茂造的手腕将他拉了起来。

“到了大道上就会有家庭餐馆的，那里的话不会太贵的。”她轻轻地敲了下茂造的后背。

“家庭餐馆什么的，我不想去啊。没有食欲，什么都不吃也没关系。还有你啊，这么晚了还出去，明天的工作没问题吗？还是早点睡比较好不是吗？”茂造抵抗着。

“就是因为没有食欲才要去的吧，不管的话你就不会吃了吧。”君代拉着茂造的手腕将他一直拽到了玄关。

“工作没问题的。明天是晚班，从傍晚才开始。”君代催促似的敲了敲他的后背，笑得眼角堆出了皱纹。

第二天早上，茂造睁开眼睛的时候，已经过了十点。因为许久不喝酒的缘故，竟熟睡到了这时候。

“早饭吃什么，老头子？”感觉到茂造醒了，厨房那边马上传来了君代的声音。

“早饭就算了，和午饭一起吃吧。”

简短地回答完，茂造向着洗手间走去，洗完脸后想接下来该如何是好呢，果然还是走进了六叠间——那是放置着细工箱的房间。

他用手轻轻拿起细工箱，将那弄成不规则形状的拼接木板一块一块地还原回去。还原回去，他打算怀着全新的心情，再从头开始。

刚将拼接木板都还原回去，君代就坐在了他身边。

“果然，还是要打开吗？”她低声说。

“啊……不打开的话，我就不甘心啊。因为这是我的工作，所以……”茂造像辩解一般说。

“然后，如果打开了的话，老头子你就要接受昨天说的那个危险的工作吗？”君代的肩膀垮了下来。

“这个嘛。我讨厌说谎，况且那也是我自己发过的誓。我是个专业的开锁匠，要是能打开这家伙的盖子，却打不开金库的话，是说不通的。因为这是我的工作。”茂造咬着嘴唇似的说。

“我们两个人昨天明明那么开心，而老头子你还是要做那种危险的工作吗？”君代用沙哑的声音说。

“这是如果能打开这个箱子的情况。但是，这个箱子是个劲敌，感觉打不开的可能性也很高。对不起，君代，昨晚明明那么开心，两人久违的一起喝了酒的。”茂造的肩膀垮了下去。

昨晚，君代带茂造去的地方，是距离东京廉租房步行约五分钟的二十四小时经营的小家庭餐馆。

进入店内，果然因为很晚了，人并不多。两人在角落的席位落座，由君代点菜。茂造点的是胡椒汉堡包，君代自己则是单份的薯条和炸鸡，然后是两杯啤酒。

“虽然是很便宜的东西，但对现在的我们而言已经很奢侈了。”君代小声说。

“那就不来也行啊。本来汉堡包什么的就是女人、孩子吃的食物，我也不是很喜欢。”茂造噘着嘴说。

“也没给老头子你庆祝出狱呢，再说了……”君代说得话里有话。

“再说什么？还有别的原因吗？”

“当然有啊，不然也不会这个时间了还特意来这儿啊。”君代用沉闷的声音说。

“今天，是我和老头子你的结婚纪念日啊。”

“结婚纪念日——我们连婚礼都没举行吧。”茂造不禁大声说了出来。

“虽然没有举行仪式，但确实是结婚了啊。”

“这个，虽然是这样啦。也就是说，去登记结婚的日子吗？”

“不是啦，是我们开始一起生活的日子，去登记不是在那之后五年的事情吗？老头子你还说‘那种事情怎样都无所谓，给我差不多得了’。”

“是这样吗？”

茂造虽然这么说，但不必说，他其实根本没忘记这件事。只是当时的他，还没想好自己是不是真的能和这个女人一直生活下去。虽然听起来很狡猾，但这是真心话。

“但是，还真亏了你到现在还能记得那个日子。”茂造干咳了一声，道。

茂造完全不记得了，连那是夏天还是冬天都不记得了。

“具体到日期我也不记得了。但是，我很清楚地记得是从十月开始一起生活的，那一天的天空是澄澈的蓝。”君代的眼角明显地皱起皱纹，很开心地说。

“澄澈的蓝天啊。你这么说的话，好像是这样呀。是啊，确实是十月呢，我想起来了。”茂造不由得帮了腔，其实是骗人的，那已经是将近四十年前的事了，再怎么追寻记忆他也想不起来了。

“所以，今天就是纪念日了。啊，纪念日这个说法有点怪，因为对上的只有月而已。硬要说的话，只能说是结婚纪念月呢。刚才我忽然想起这茬，所以才……”

这么说话的时候，点的啤酒就送上来了。

“干杯，老头子。”君代用爽朗的语气说。

“这个啊，嗯，是该干杯呀。”茂造慌忙举起带把的大啤酒杯，轻轻地碰上了君代的酒杯。

“干杯。”君代用很不好意思的声音说，而茂造也效仿她小声地说。老实讲，确实有些难为情。

两人各自都添了几次酒，在菜端上桌的时候，君代目光闪闪地问："说起来，那个箱根细工还打不开吗？"

"那个啊，虽然我觉得应该很简单就能打开，却是个难对付的东西。虽说就是争口气也要打开它吧，但如你所见，现在确实陷入了苦战。"茂造说了真心话，他感觉今天不能就给个暧昧的回答。

"这么说的话，确实是在苦战呢，虽然这对老头子你来说是很稀罕的事，但是一定能打开的，我觉得没有老头子你打不开的东西。"君代鼓励似的说。

"那样就好了。但是，事随人想，物随人看。要是打开这个箱子的话，可能会发生糟糕的事情，可能打不开也好呢。"

然后茂造就把被矢部和井上邀请的事告诉了君代，包括如果能打开这个箱子的话，就决定接手这个活儿的事。

"这种事——"听完了这话的君代，忽然用快哭出来的声音说。

"那样的话，不是打不开比较好吗——不过话说回来，不管打开了什么，也完全没有必要加入那么危险的工作不是吗？"君代喋喋不休地说。

"虽然完全没有接手的必要，但再怎么说我也是个男人，发过誓的事绝对不会糊弄过去，道理上必须说得过去。"茂造露出一脸为难的表情。

"那种无聊的道理，就算丢进水沟里神明也不会怪罪的，不如说会拍手称快呢。"君代也同样一脸为难。

"即便是无聊的道理，也是道理，我就是这样的男人。"

"是啊，从以前开始，老头子你就是坚持着无聊道理的男人。”君代用沙哑的声音说。

“这也算是我最低限度的骄傲了，我虽然是个微不足道的男人，但要是连这个都没了，就无法活着了。没办法啊。”像是说给自己听似的，茂造说。

“那，”君代忽然大喊一般地说，“还是打不开那个箱子比较好。不如说，要为了不打开箱子而绞尽脑汁了，那样的话才比较安心。”

这之后君代就沉默了，默默地将薯条往嘴里送着。

又过了一会儿她才轻声开口说：“家庭餐馆真好呢，家庭的餐馆。我们虽然没有孩子，但老头子和我就是真正的家庭呢。”

君代满脸皱纹，看起来双目润湿。

这是昨晚发生的事，但茂造还是要打开那个箱子。作为开锁匠的尊严不允许他放弃，他想要打开。

他双手拿着箱子，仔细地看。

“那个，”坐在他身边的君代有些不好开口地说，“会不会不能考虑得太复杂了？搞不好，其实应该想得更简单一些……如果是难开的箱子的话，老头子你应该不可能打不开才对。”

“想得简单一些吗……”像是自言自语一般，茂造想起自己昨天也觉得这个箱子的构造有什么根本上不一样的地方。

“如果是难开的箱子的话，我不可能打不开。那样的话……”茂造大喊似的说，然后用拇指试探性地拉了一下箱子的底部，他的心脏咚咚直跳。底部微微动了动，什么啊，这个箱子……茂造的拇指用上了力气，箱子的底部慢慢动了。这个箱子的拼接木板只是虚有其表，想打开的话，只要抽动底下的推板就可以了。如君代所言，他想得太复杂了。

“老头子！”君代大声说。

“哦，打开了，完美地打开了，就像你说的一样。”箱子里面放的，是一个小护身符袋，中间鼓起来，里面应该是放了什么。

“打开吧。”君代急忙说。

“瞎说什么，这是阿行的东西，怎么可以随便打开看呢？”

“但是，很在意，不是吗？还付出了这么多辛苦。”君代不服气地说。

“这是我和阿行约定好的。不管怎样，我的任务只是打开盖子，除此之外什么都不会做。虽然也看到了里面是个护身符袋。所以更不能再做多余的事情，因为这是男人和男人之间的约定。”茂造一口气说了这些。

“比起这些，君代，该做饭了。我吃了午饭就要赶快带着箱子到阿行那里去了。”

“不看看里面是什么就去吗？”君代沉声问，看来是十分在意里面是什么。

“不用担心。阿行在我面前把这个袋子打开的话，我回来就可以告诉你里面是什么了，那样的话你也就能甘心了。”

“这样啊，也是这么回事。”

“比起这个，快做午饭啊。到傍晚时候，那两个人就会过来了。”茂造语气厌恶地加上了最后那句。

到“咖啡屋”的时候，明明是这个时间段，店里却一个客人都没有。茂造在柜台边落座。

“白兰地咖啡可以吗？”

行介温柔的声音入耳，茂造慢慢地点头回应。

行介马上将酒精灯点燃，放在咖啡壶下加热。

“看您的样子，应该是打开箱子了吧。”行介的声音像是松了口气。

“虽然是打开了，但真是个麻烦的箱子啊。连我这黄金左手都完美地骗过了，真是可怕呀。”

茂造将打开箱子的始末都告诉了行介。

“也就是说，夫人的一句话将这个箱子打开了吗？”

“就是这样啊。所以，这个箱子算是我和她协作打开的吧。”茂造感慨地说。

“很烫，请小心。”

行介将冒着热气的咖啡轻放在了茂造面前，他用手指触碰着杯子的边缘。

“啊，果然很烫啊。但是热的饮料不知为何给人一种内心幸福的感觉，真是好东西啊，阿行。”茂造微微笑着说。

“幸福吗……”行介念叨了一句。

“然后，箱子里面放了什么呢？”他用没事似的语气问。

“有一个小护身符袋，仅此而已，没有其他的了。”

“护身符袋啊，袋子里面放的是什么呢？”行介理所当然似的问。

“那种事我不可能知道的。确认里面放的是什么是阿行你的任务了，所以我才没有看袋子里面是什么，就这么拿过来了。”茂造说完，感觉行介的表情划过一丝阴郁，瞬间有了种奇怪的感觉。

“总之，先看这个吧。”茂造将细工箱从膝盖上的纸袋中取出，放在了柜台上。

“盖子和四周都是虚设的，将下面的部分这样就行了。”

茂造将箱子底部推开的时候，咖啡店门上的铃铛发出澄澈的声音，似乎有谁进到店里来了。行介的表情变得惊讶，茂造慢慢回头，一张熟悉的脸看向他这边。

“君代——还有，为什么你们也来这儿了？”茂造用惊愕的声音说。

和君代站在一起的，是矢部和井上，只能说这真是奇妙的组合。

“很简单啊，茂造先生。”靠在旁边的矢部开口道，“午后我们两人到茂造先生家拜访，正赶上你很认真地抱着个纸袋出门。我正跟井上说要不要上去搭个话的时候，就看到不知为何夫人从家里出来了，然后跟在茂造先生的后面走着。见到这样的光景，任何人都自然会觉得有兴趣吧。因为我们也很闲，就更加在意了。而且说不定，这是抓住茂造先生弱点的机会，也有这方面的想法。不管怎么说，因为你会接受那个工作的概率很低啊。”

矢部喘了一口气，这次换站在旁边的井上开口了：“于是，我们跟着夫人来到了这里。夫人不想让茂造先生发现似的，坐上同一辆公车，然后在这条街下车了。虽然茂造先生你直接进了这家店，但夫人在店门前犹豫着该不该进来。然后我们就跟她搭话了，听说了事情的全部经过。就是这样了，茂造先生。”井上露出很开心的表情。

“全部经过，那是……”

“在监狱里和你一起的，这里的老板拜托你打开箱子，然后你要是能打开那个箱子——”

矢部忽然抢过了话头："就打算接受我们这件工作的事。"他用暗藏寒光的眼神看着茂造。

"你们威胁君代了吗？我怎么会和这样的人一起工作呢？"茂造大喊一般地说。

"不要说得这么难听啊，茂造先生。就算我们再怎么坏，也不会威胁重要同伴的夫人。我们只是向夫人询问了事情原委而已，完全没有使用粗暴的手段哦。"

看到一脸为难的井上的表情，茂造也认为应该是这样的。就算威胁君代，也不会有什么好处的，不如说反向发展的可能性倒比较高。然后——

"君代，你连不用说的事情也一五一十地都说了吗？"茂造直视着君代的脸。

君代点了点头。

"为什么要……"茂造高声问她。

然后君代用快哭出来的表情一直摇头，不知道她到底什么意思。

"大概是，厌恶了贫穷的生活吧。啊，很可爱的夫人啊，不是吗茂造先生？"矢部用粗哑吓人的声音说。

"箱子里是什么无所谓，总之你打开了箱子。既然打开了那就成了我们的同伙，现在再反悔也不行了。要是我们不知道就罢了，但我们已经从夫人的口中清楚地听到并知道了。对不对啊，比任何人都要更讲道理的茂造先生啊？"矢部露出惹人厌的笑容，用圆滑的语气说。

"同伙是什么意思，茂造先生，难道说你又……"站在柜台中的行介第一次开口，一脸严肃。

"就是这么回事。你如果也在那边待过的话，应该知道坏蛋也有坏蛋的仁义吧，所以就别插嘴了。”矢部用能将人射穿一般的目光瞪着行介。

“可就算你这么说——”行介发出沙哑的声音。

“没他妈什么可是，就是这样，一起干这票吧。这样挺好吧，茂造先生？”矢部一脸扬扬得意地说。

“不用一起干！”忽然有人发出一声大喊。是君代，君代像鬼一样地瞪着矢部。

“说不用一起干，是什么意思？那样的话，会让十分重视道理的茂造先生为难不是吗？那样会没法昂首阔步地走在这个世间的不是吗？”矢部也回瞪君代。

“不走也好，反正这个人已经从那个世界里濯足了。”君代果断地说。

“就算是女人，说这种狗屁道理也惹人烦啊。不是你自己什么都说了的吗？现在来捣什么乱，臭老太婆。”

“道理并没错。因为打开那个箱子的，不是这个人而是我。是我把打开的诀窍告诉了他，这个人听了以后拉开了箱子底部而已。这点我也应该很清楚地告诉你们了，所以道理没错，是我打开了那个箱子。”

听了君代大嚷着一般说的这些话，茂造终于理解了。所以，君代跟那两个人把一切和盘托出了，是为了让这话成为王牌，才说的……原来是这样啊。

“你这混蛋……”矢部的声音颤抖着。

“这是什么狗屁道理，臭老太婆。诀窍什么的我不懂，反正打开这箱子的那只手，是那个老头儿的手对吧？”矢部大骂道。

“你这才是狗屁道理不是吗？”君代也不服输地骂道。

“总而言之，什么道理都无所谓。不管怎样，臭老头儿要参加这次的行动是一开始就设计好了的，即便是凭借武力也要拽他入伙。”矢部凝视着茂造的脸，那是双充血的眼睛。

“喂，茂造，要是你珍惜这个臭老太婆的命的话，就乖乖闭嘴，帮我们的忙。别忘了，你根本没有拒绝的选项。别给你个好脸，你就放肆起来了。”矢部的右手缓缓伸进了上衣中。

“拒绝就好了，这种不讲理的要求。”

茂造耳边立刻响起一个严肃的声音。

不知何时从柜台中走出来的行介，站在了茂造的旁边。

“混蛋，你是想反抗我们吗？”

茂造意识到矢部的右手握住了怀中的什么。

行介正面对着矢部站立，中间隔了五十厘米左右。行介无言地那么直直瞪着矢部的脸，矢部也是一样……周围弥漫着紧张的空气。

不管是谁先动都会引发事件。茂造吞了下口水。

不知道过了多久。

先移开视线的人是矢部。

“回去了，井上。”矢部发出沙哑的声音，缓缓将怀里的手松开了。

“回去……那工作的事情呢？”井上不知所措地问。

“吵死了，不可能跟混蛋做对手打架的吧。”矢部忽然背过身去，大步向着门口走去，井上慌忙追了上去。周围的紧张感一下变淡了。当下，君代一屁股就坐下了。

“十分感谢，真的十分感谢。”茂造身边坐着的君代，几次向着柜台内的行介低头道谢。两人面前，新泡的咖啡正冒着热气。

“因为这个细工箱而有了这样的展开，真是吓了一跳。不过，平安无事地收场了真是太好了。”行介大而化之地说。

“托您的福，总算是没事。”

虽然茂造这么回答，但心中还残留着没能释然的东西。首先，为什么君代会跟在自己后面到这里来呢？即便是这个他都搞不明白。

“茂造先生，这个箱子里面的东西……”行介用目光，指了指放在柜台上的细工箱，“您可以把护身符袋拿出来，看看里面放的是什么吗？”

“我吗？！”这预料外的话，让茂造很吃惊。

“对，就是茂造先生您，我想没有比您更合适的人选了。”行介深深地点头。

“这倒是可以。”

茂造拿过细工箱，用力地拉开了底部，将那个小护身符袋拿出来，缓缓地拉开了那个袋子的绳子。

“请将里面的东西放到柜台上。”行介说着。

茂造打开袋口，把袋子倒了过来，就这样，什么东西掉了出来。是个戒指，而且怎么看都是便宜货。

“这是？”茂造心中浮起诧异的感觉。

“茂造先生没有印象吗？”行介说了奇怪的话。

茂造的胸口怦怦直跳，似乎在哪里见过似的，很久以前……

“啊。”茂造不由得叫出了声来，看向坐在自己身边的君代的左手。她的无名指上也戴过一枚一样的戒指，镀金被剥落了，露出了便宜货本来的样子。

“是结婚戒指啊。老头子你给我的时候，说是白金那样昂贵的东西，其实不过是便宜的仿造品——虽然老头子你说对工作来说这是个障碍，很快就摘下来了，但我很喜欢这个戒指。不管怎么说，这是你给我的最初也是最后的一件礼物，是我唯一的宝物。除此之外，我就再想不起别的来了。”这些话从君代的口中倾泻而出。

茂造感觉自己鼻腔深处热热的。这种便宜货的戒指，这家伙竟然一直都戴着吗？

“所以，我拜托了这家店的老板。老头子你出狱之后，多次提到过这里的老板，我猜你一定会在最近到这家店来。我猜到了这点，就把细工箱里面放上戒指拿到了这家店来，要是老头子你来了的话，就演一出戏。”

原来是这样，这样一来一切都解释得通了。

所以君代才会知道打开箱子的办法，还强迫自己打开护身符袋看看。但因为自己拒绝了，她才悄悄跟在身后一直到了这家店，想用自己的眼睛确认结果，却被那两个人看见了。

“老头子你在这个箱子上赌接不接受那份工作，我也在这个箱子上赌。要是老头子你记不得这个戒指了，我就和你分手，自己一个人生活。”君代的肩膀颤抖着，她发不出声音地抽噎着。

“对不起，真的对不起。”茂造的肩膀也颤抖着。

“我希望老头子你能过上正经的生活，再也不要去开金库了。贫穷也无所谓，因为我们是两个人一起生活。所以，听到了你打赌的话之后，我虽然一度想过还是不打开为好。

但由于女人的私心，结果就……”君代的眼泪不断地从眼中涌出。

茂造的右手一把抓住了柜台上的戒指，怀揣着恐惧，把它拿到了自己左手的无名指边，内心祈祷着一定要能戴进去。

戒指很顺利地套到了茂造的无名指上，忽然，一股从未体会过的幸福感传遍了茂造全身，好高兴。他感到君代真是可爱。

“黄金左手就算奉还了，从今天开始是白金左手了。为了夫人，请拼命地工作吧，茂造先生。”

行介温柔的话语传入耳中。

“虽然只是个便宜货啊。”茂造用沙哑的声音说着，看向旁边君代的脸。

茂造注意到君代似乎和平时有些什么区别，他注视着那张满是皱纹的脸——原来是嘴唇，君代的嘴唇上染了一层薄薄的红色。有多少年没有看到过这样的君代了？

那真是无比美丽的红色。

3

大人的借口

▶

理世子双手捧着杯子慢慢端到嘴边，呷了一口，果然很烫。但是，不光是烫，和苦味相违背的，有一种温和的味道在。

两人已经互相瞪了大概五分钟。

“到底要怎样你才会给呢？”先开口的人是理世子。

“怎么样……即便你这么说我也很为难哪。”良久冷淡地回道。

“所以，刚才也说很多遍了不是吗？你要是每个月都好好支付勇树的抚养费的话，我就不会抱怨什么了。但你只是最初支付了，现在手机也打不通。”自然而然地，理世子的语气变得刻薄。

“就算如此，你也不至于几次往我公司打电话吧，这样不是和职业讨债的一样吗？我也是有脸面的人啊。”良久大声说。

“不管你说我是职业讨债的还是别的什么也好，我这边也要生活啊。”理世子愤恨地说。

“离婚了的男人——”这么说着，良久伸手拿起桌子上的杯子，喝了一口咖啡。

“离婚了的男人怎么了？”理世子带着惊讶的神色问。

“离婚了的男人，还好好支付抚养费的，在这世间就几乎没有啊。”良久把脸扭向一边，回答道。

“那是什么意思？你到底想说什么呀？你是想说不支付也是很普遍的事吗？”

“虽然不能说是普遍，但这世上的风潮就是这么一回事，我只是说出来而已。”

“风潮什么的怎么样都好，我只是要求你按照约定的那样，支付勇树的抚养费就好了。就是因为这个，我那时候才没有把事情公之于众不是吗？”

“这倒是……”良久再次伸手去拿杯子。

理世子和良久在大约一年前离婚了，原因是良久实施家庭暴力。

当时，良久和同事因为无聊的小纠纷搞到差点杀死了对方，他就被上班的运输公司解雇了，而后就把那份郁愤转投向家人。最开始目标是独生子勇树，良久没有任何理由地就欺负起了上小学二年级的勇树。

要只是欺负还好，没过多久，良久就开始抽勇树嘴巴。

“这样下去勇树会被杀掉的。”

良久身材高大，也很有力气。理世子从良久的拳头下彻底地庇护了勇树，舍弃自身地从良久的暴力中保护了勇树。结果，良久实施暴力的对象从勇树变成了理世子。

良久下手毫不留情。脸被拳头揍，身体被脚踢，理世子的身体上新伤旧伤不断，虽然也有全身伤痕累累地发着高烧睡去的时候，但她从来没有反抗过。良久是情绪一上来就刹不住的性格，是一个有着放荡过去的男人，凭借理世子一个女人的力量是不可能反抗的。

理世子虽然决定离婚了，但良久可没有那么轻易就答应。

“你要是不答应离婚的话，我就以伤害罪起诉你。那样的话，你就会被逮捕，如此一来离婚也能简单地成立了。”理世子终于下定决心，跟良久这么说了。

关于良久的暴力行为，只要看一眼理世子的身体就一目了然，附近的人全都知道良久的日常行为。

良久只好妥协了。

离婚的条件还有一个。那就是良久要在独生子勇树满十八岁之前，支付一定的抚养费，仅此而已。良久勉勉强强地答应了离婚，理世子终于从丈夫的暴力中解放了出来，但从此以后，也就只能不借助任何人的力量，母子二人相依为命地一起生活了。

理世子白天在便当屋工作，晚上则一周三次左右在附近的便利店打临时工。即便如此，生活也过得紧巴巴的，完全没有富余钱。

虽然良久在那之后进了别的运输公司，做了长距离运输的卡车司机，但只支付了勇树三个月的抚养费。

理世子几次给良久工作的运输公司打电话，才终于成功地约他到了附近的咖啡馆谈话。

理世子用焦躁的神情伸手去拿桌子上的杯子，喝了一口咖啡。咖啡已经凉了，舌头上感觉特别苦。她看向厨房，柜台那里只坐着一个人，那对面有个站得笔直的男人，是行介。

眼神交汇，行介行了个默礼，理世子慌忙低下头，视线赶紧回到桌子上。那是个杀过人的男人，不知为何，理世子心跳加速了。她选在这家咖啡馆和良久见面，一部分也是为了看看行介。

“那么，你想怎么办呢？”理世子催促良久道。

“怎么办，回答只有一个不是吗？不得不支付吧，从我那微薄的收入里。”良久用怄气的口吻说。

“你的收入是多少我是不清楚，但勇树是你的孩子，付抚养费是你的义务。刚才我也说过了，请别忘了我这边也是在勉强维持生活。”理世子用严厉的口吻说。

“所以，我都说了我会付了，那样的话你就不会抱怨了吧。真是的，就不该生孩子。”良久说着讨人厌的话。

“是啊，没生出来就好了。”理世子也不由自主地这么说，然后慌忙闭上了嘴。

“那样的话，我就先回去了。”

对站起身来就要走的良久，理世子喊道：“付账！”

“你还真是毫不疏忽啊。”良久小声说。

“要是不注意些，这种不景气的情况下，母子两人怎么能活下来呢？”理世子干脆地说。

“说起来，你多大年纪了？”伸手拿过账单的良久问。

“你连前妻的年纪都忘了。我跟你差三岁，三十六岁了。”理世子露出惊呆的表情。

“哦，三十六岁了啊，原来如此。”

良久快速地转过了身。

那个“哦”到底是什么意思？“原来如此”后面的话到底是什么呢？

理世子的心中涌出不知是悲伤还是愤怒的感情来。

为了确认良久是不是出去付账了，理世子慢慢地站起来。她笔直地向着柜台走去，踌躇了一瞬后将纤细的身体落座在圆椅子上。

理世子盯着行介看。

回到砂浆建造的老式公寓的时候，时间已经超过八点了。所幸今晚没有便利店的打工，所以才会选在今晚和分手了的丈夫见面，谈话姑且还算是进展顺利吧。看向厨房深处的六叠间，电视还开着，勇树就在房间的角落里睡着了。虽然这在以往是看来很火大的光景，但今夜她不可思议地没有这么觉得。思考起这是为什么，脑海中就浮现出“富余”这样的词来。这是和良久谈话的结果——除了这个就想不出别的原因了。

这时，感觉到气息的勇树慢慢地睁开了眼。勇树全身都吓得一哆嗦，身体起伏着，猛地坐了起来。

“对不起。我看着电视忽然就睡着了，就没关电视，真的很对不起。”虽然回答得很快，但勇树的语气战战兢兢的。

“没关系，不过这点小事而已。”说出了宽容话的理世子，看向露出一脸疑惑表情的勇树。

“但是，真的很对不起。”勇树一副紧张的样子，急忙低下头去。那脸上明显带着胆怯的表情。这也是没办法的事，要是以往的理世子的话，是不会饶恕他的……

“晚饭怎么吃的？”理世子尽可能温柔地问。

“杯面。”勇树简短地回答。

“杯面啊——那我也来这个吧。”理世子的嘴角露出一丝微笑，她意识到勇树的表情显得更加困惑了。

“你要是睡着的话，记得把被子盖上再睡。”

用余光看到勇树点了点头，理世子站起身来，来到了隔壁厨房。

把水壶灌上水，打开煤气灶，从架子上拿出杯面放在了桌子上。水很快就烧好了，她小心地倒入杯面中，只需要再等三分钟了。理世子在面的盖子上放好筷子，忽然想到，自己是从什么时候开始对勇树动手的呢？答案很简单，是从良久不支付抚养费的时候开始的。从那时起，自己就变得奇怪了。在那之前，他们应该都还是虽然贫穷却关系很好的母子二人，然后——

第一次动手，是在这个房间因抚养费的事给良久打电话之后不久发生的。

“不管怎么说，我的开支很多啊，没有能给你的钱，这是没办法的事。”良久只说了这些就挂了电话。

也就勉勉强强地付了三个月，他不想付钱了一点都不让人觉得奇怪，理世子的体内涌上了一股莫名的愤怒。

意识过来的时候，她已经拔高了声音，而身旁的勇树倒在了榻榻米上。最开始是因为什么完全不记得了。但是，她很快就意识到自己的右手向着勇树的脸挥了过去。简直不敢相信，她自己明明那么讨厌暴力。

“对不起，勇树。妈妈不知道是怎么了，对不起，勇树。”看着哭着看向自己的勇树，理世子用激动的声音道歉。

但理世子的暴力没有就此结束。一旦发生了什么不顺心的事，或莫名生气的时候，理世子的右手就会毫不留情地向勇树挥去。因为不打谁的话，她就无法纾解情绪，目标除了小学生的勇树之外就没有别人了。

勇树就是被打了也不发出声音，只是双目润湿地默默忍耐着，而这让理世子觉得更加窝火，于是变本加厉地揍勇树。

不用说，理世子再也没跟勇树道过歉，满眼泪水不知所谓地道歉的人是勇树。即便如此，理世子还是打勇树。

感觉自己真是个过分的女人。

虽然知道这是不应该做的事情，理世子却还是继续打勇树。虽然这念头令人生厌，但她似乎明白了丈夫良久心里是怎么想的。

人就是打人的动物。要是对方不反抗的话……人就是喜欢欺负弱者的动物，所以这是没办法的。这就是理世子得出的结论。但是，如果继续这样下去的话，自己早晚会把勇树给……

今天把谈话地点选在“咖啡屋”也有这方面的考虑。理世子特别想看到行介，还有他那杀过人的右手。

那时候——先跟坐在柜台边的理世子搭话的人不是行介，而是坐在她旁边的客人。

“看起来，您似乎刚才发生了争执呢。”这位客人如此说。

他的年龄看起来大概四十岁左右，头顶那里发丝稀薄，虽然给人很温柔的感觉，但脸上冒着油光。这个男人应该是商店街上名为“阿露露”的洋装店的老板，思考了一阵他的名字，理世子却没想起来。

“我是附近开洋装店的，叫岛木。”敏感地察觉到了她的想法，男人自己报出了姓名。

“啊，我是——”理世子忙接话道。

“早川理世子小姐，您应该是和上小学的勇树君一起住吧？”岛木爽快地说，嘴角挂着温和的笑容。

“请多指教，我是早川。”理世子惊讶地轻轻低下了头，回想起了关于岛木这个男人不好的传言。因为是这条商店街的第一花花公子，所以才会收集自己的情报吧，岛木并非对她抱有关心。虽然岛木绝对算不上容貌好，但理世子还是莫名有些开心。

“岛木先生，关于你，我听过各种传闻啦。”理世子从容不迫地说。

“不不，那都是些风言风语罢了。要我自己来说的话，怎么讲呢，我其实是个很诚实的男人。硬要说的话，只是对女性极端温柔这点是真的，特别是漂亮的女性。”岛木不知害臊地说。

“特别是对漂亮的女性吗？”理世子像是在期待什么似的说。

“对，就是对如您一样漂亮的女性特别温柔的意思。”

“我吗？我才没有。”理世子虽然在面前摆手，但她知道自己内心深处明显骚动了。即便是别有企图的恭维，也让她感到畅快。这一年间，她与这种话完全无缘，因为不顾形象地拼尽一切使劲工作，现在会心神荡漾也是自然的。

“所以，这是我的提案，”岛木说，“若发生了什么事的时候……”

这时柜台对面的行介却忽然开口了，那是很轻的声音：“啊，您要不要再添一杯咖啡呢？因为第一杯您没能安心地喝。”

理世子用余光看了一眼岛木，见他一副愁眉苦脸的样子。

“我了解了。”行介自言自语似的说着，他将酒精灯点燃，熟练地将咖啡壶架设好。

“总之，继续刚才的话题吧。”岛木依然用尽量温柔的声音说。

“岛木，这个就算了吧。”行介低声制止。

“不，我并不是要……”岛木辩解般地从口袋里掏出名片，从下面拿出一张伸手递给理世子，说：“要是遇到困难了请随时联系，背面有我的手机号。”

“这真是……感谢您的关心了。”

理世子接过名片看了下背面，果然用笔写着手机号码。看来岛木是根据对象的不同来选择使用的名片。

理世子将名片放在了自己膝上的包中。

“说起来，宗田先生。”理世子直视着行介的脸。

“虽然是很唐突的请求，但可以让我看看宗田先生的右手吗？”理世子大胆地说。

“我的右手吗？”行介只说了这一句，话里绝没有包含什么好情绪。

“可以。”他坦率地在理世子面前伸出了右手。

“这是杀过人的手。”行介坦率地说。

理世子的喉咙发出咕哝声，像是要吞了似的看着那只手。那是只大而厚实的手，和良久的手有些类似，学生时代就加入不良组织的良久的手也又大又厚实。

只有一点不同，那就是行介右手的手掌上到处都是像烧伤一般的痕迹，简直就像是按在什么烫的东西上弄出的烧伤一样。

“这是？”她用惊讶的声音问行介。

“天罚。”行介低声说。

“欺凌或者折磨他人，就会变成这样丑陋的手。不再是人类的手，而是野兽的手。”这么说着，行介慢慢地把手抽走，将咖啡从壶中倒入杯子里，端到理世子面前。

“很烫，请小心。”行介说着，轻轻颔首。

“我开动了。”

理世子双手捧着杯子慢慢端到嘴边，呷了一口，果然很烫。但是，不光是烫，和苦味相违背，有一种温和的味道在。

“真好喝！”理世子不禁说出声来。

“那就太好了。”行介露出了笑脸。

那是让人看了很舒服的笑容。

“您能明白啊。”

理世子不太明白行介话里的意思，这是指咖啡的味道呢，还是他右手的事情呢？无法判断是指哪个，她只得双手捧着杯子点头。

这之后她就专心喝咖啡了，感觉是对让她看了右手的行介的礼貌。

回过神来的时候，已经过去了三分钟。

理世子急忙把杯面的盖子打开了，虽然面怎么看都已经泡发了，但很美味。不，是她不觉得难吃。总而言之，不管面如何，她都没有能抱怨味道的那份阔气。

吃完了杯面，理世子盯着自己的右手看。虽然看起来有些粗糙了，但皮肤还是光滑的。虽然毫无理由，理世子还是松了一口气。

行介的那只右手——那绝对是烧伤没错。行介在自己烧自己的手，恐怕用的就是给咖啡壶加热的酒精灯。不管杀人的理由是什么，由于有罪恶感而将自己的手……

那她该怎么看待自己呢？理世子轻声叹气。虽然对于无缘无故地殴打勇树这件事，她是有罪恶感的，但她完全没有想要自己惩罚自己的手。比起惩罚自己，她倒是继续变本加厉地打勇树。然后，害怕自己有一天会用这只手杀掉勇树。和行介相比，自己真是个……差劲的人。她心里清楚。虽然清楚，但到底该如何是好呢？

理世子用右手敲击着桌子，口中残留的杯面的味道，忽然感觉难以下咽了。

虽然良久说过会火速把抚养费寄过来，但一周过去了，银行账户还是连一日元都没有打过来。

“有差劲的女人，就有差劲的男人。”理世子口中不由得说出这样的话。

理世子不知道打了多少遍良久的手机，听见的都只是呼叫的声音。她走投无路了，之后是继续往公司打电话攻势呢，还是直接闯入他的公司呢？虽然除此之外就没别的办法了，但感觉如果现在这么做的话，会把一切都破坏掉。

而她对勇树的暴力行为又开始了。

勇树咬紧牙关忍耐着，理世子就变本加厉地殴打忍耐着的勇树。

“为什么我怎么打你都不哭？为什么不发出声音来？”理世子怒吼着。

“这种事，我……我……”眼睛润湿的勇树低声说。

“你什么？给我说清楚。”理世子的右手挥向勇树的脸。

勇树跌倒在了榻榻米上。

“说啊，给我说清楚，站起来。”理世子吊起眼角地瞪着勇树。

“因为我喜欢妈妈，我除了妈妈就没有别人了。”

勇树的话让理世子扬起的右手瞬间停住了，但是，马上又狠狠落下了，站起身的勇树又一次倒在了榻榻米上。

虽然每天都这么持续着，但良久的钱依然没有打来，理世子忽然觉得是不是应该给岛木打个电话。那个人的话，一定能像亲人一样交谈，即便他是别有企图。

给他的手机打了电话，岛木很快就接了。正好那天也不用去便利店打工，就约了下午见面。约定的地点不是

“咖啡屋”，而是车站内的一家大型咖啡馆。

岛木在约定的时间现身，带着满面笑容坐在了理世子面前。

理世子对来询问点单的服务员只说了句“咖啡”，视线马上就回了过来。

“我永远是美人的同伴，所以只要是你拜托的事情，我都打算应承下来。还请不要客气，不管是什么话都请讲。”岛木用很干脆的口吻说。

“所以……？”他微微歪着头。

虽然是满面油光的脸，但这幅模样让人不知为何联想到小鸟，理世子有种安心的感觉。

“其实——”

岛木单手制止了理世子的话：“先让我把咖啡喝了吧，因为不知道会听到什么话。”

真是小心谨慎的性格。

将咖啡拿起来喝了一口的岛木很认真地看着理世子。

“请讲。”他用温柔的声音催促着理世子继续说下去。

“其实是很难为情的事……”

理世子从离婚的原因开始，到抚养费的事，以及现在对勇树暴力相向的事，全都对岛木和盘托出了。想要有人能听她全说出来，想要有人能斥责她，想要有人能像亲人一样对她，想要体会温暖。虽然理世子说着说着哭了出来，但岛木毫无动摇地用真挚的态度听她说话。

“对不起，这种时候哭出来。旁人看了说不定会误解，给您添麻烦了。”说完之后，理世子用像蚊子一样细小的声音说。

“不要在意这种事。我的麻烦不过是一桩小事，比起这个，您的事情更要紧。”岛木直视着理世子，用坚定的口吻说。

理世子感觉自己内心深处的灯被点亮了。耳边响起这么温柔而有力的话，是多久以前的事情了？理世子的眼中又流出泪来。

“实在抱歉，勇树的事情只能之后再考虑了，现在首先要考虑抚养费的问题。”岛木用断然的语气说。

“解决办法有两个，首先是诉诸法律——向法院提出异议的话，这个案子应该是可以扣押对方工资的。”这次他用温和的口吻说。

“扣押吗？”

她不知道还有这样的办法。

“但是，要是这样的话，需要很多麻烦的手续吧？”理世子战战兢兢地问。

“倒也不能算麻烦，但这确实是最后的手段。”

“这是最后的手段吗？那，另一个办法呢？”理世子吸了吸鼻子。

忽然，岛木的脸放出了光辉。

“男高音！”他说出了完全听不明白的话。

“也就是找一个合适的人去讨债。”岛木说了奇怪的话。

“找合适的人……但那个人是学生时代就加入不良团体的爱打架的家伙，普通的人是绝对打不赢他的。”理世子几次摇头。

“我们这辈里，我还真认识一个能打赢他的人。实际上，像良久先生这样糟糕的人，我是真的很乐见他被强大的对手打倒一次。比起用法律来解决——所谓法律，其实有很多空子，不按照预想发展的情况也很多。”岛木咬着牙说。

“有这样的人吗？”这么问着，理世子的脑海中就浮现了行介那结实的身体。答案显而易见。除了行介，就没有别人了。

“难道说，那个人是宗田先生吗？”她干脆地说出了名字。

“是的，就是宗田行介，果然大家想到的都是同一个人。”岛木露出有几分不甘心的表情。

“感觉没有比那家伙更适合的人了。被那家伙狠狠地打倒一次的话，就算是良久先生也会好好反省一下吧。我觉得这才是最关键的。”这次岛木一口气说完。

“但是，那个人有当不良少年时候的坏毛病，现在应该也随身带着防身用的刀子。要是到时候他掏出那种东西的话……”

“刀子吗？这倒是有点头疼呢。但在这世上，车到山前必有路。这就需要所谓的随机应变了，那家伙也不是小孩子了。”岛木说了不负责任的话。

“而且，说实话，其实我很不甘心呢。对这么漂亮的女人又踢又打却什么惩罚也没受到的良久先生，我甚至觉得很愤怒。”岛木再次微微歪头。

“只是有一个难点，就是那家伙会不会答应。虽然他正义感很强，但是个有点别扭的男人。不过到时候，拿出你和勇树的那件事来，我感觉应该就可以了。”岛木确信似的点着头。

“我对勇树暴力相向的事情吗？！”理世子震惊于自己到底都说了些什么。

“那家伙是弱者的同伴。从小时候开始，这点就一直没变过。所以，把勇树的事情拿出来的话——不管怎么说，元凶都是你的前夫。”

“……”

“不过好事不宜迟，接下来我们两人就一起去咖啡屋吧。不趁热打铁的话……”岛木抓着账单一下子站了起来。

理世子回到公寓，看了眼里面的六叠间，勇树盖好了被子在睡觉。

电视也关好了，厨房的垃圾桶里扔着泡杯面的容器，看来他晚饭就吃这个解决了。

理世子从垃圾桶处移开视线，坐在厨房的椅子上轻轻地叹了口气。行介厚实的手掌忽然浮现在她脑海中，那留着烧伤痕迹的丑陋而紧绷的手。

“天罚……”理世子只念叨了这么一句。

她在桌上展开自己的手看着。因为兼任便当屋和便利店的工作，她的手变粗糙了，但并不丑陋。是与自己年纪相应的女子的手，理世子像是要吞掉一般地看着自己的手。

看着看着，她陷入一种奇怪的感觉。

“太漂亮了。”她的口中不由自言自语道。

真是不自然的手。

理世子慢吞吞地从椅子上站起来，将厨房架子上的抽屉一个个打开。应该有应急用的蜡烛在，将它用来代替酒精灯的话——

蜡烛在最下面的抽屉里面。理世子将其取出，慢慢地把它立在了桌子上。感觉把它点燃然后像行介一样烧自己的手，就能平息殴打勇树的行为了，她如此坚信着。

理世子用百元打火机点燃了蜡烛。虽然比起酒精灯来说，这是很小的火苗。但她用“自己是女人，这就足够了”的理由搪塞了自己。

她慢慢地将右手盖在了火焰上。

把手放在火焰上方十厘米左右的地方，不烫。又放在了五厘米的地方，还是不烫。再向下，忽然手掌感受到了一阵尖锐的疼痛，太烫了。她不由得将手移开，瞪着那火苗。

果然做不到。

能做到这点的那个名为行介的男人，果然有点奇怪，自己还算是正常的。但是——理世子想起了被岛木拽到咖啡屋时发生的谈话。

进入店中的岛木，毫不犹豫地走向了柜台。理世子慌忙跟上，坐在了岛木身边的圆椅子上。

“白兰地咖啡，两杯。”对着柜台中的行介，岛木用高亢的声音说。

“出什么事了？两位怎么一起来了？”行介露出惊讶的表情低声问。即便如此，他泡咖啡的手还是纹丝不动。

“找你有点事。”岛木盯着行介看。

“找我有事——那种手段我是不在行的，这点你应该最清楚的不是吗？”

行介的话让理世子感觉两耳微微红了。

“虽然那种手段的事你应该不行，但除了你之外就没人能做了，所以才来跟你认真地谈谈。”

“除了我……”行介的表情瞬间变暗了。

“对。但是，要先把咖啡喝了，然后再慢慢谈。”

没一会儿，理世子和岛木面前就放上了冒着热气的咖啡。

“很烫，请小心。”

理世子清楚地听到了行介低声说的话，用双手捧起了咖啡杯，轻轻地凑到嘴边。果然很烫，但是慢慢喝的话应该没问题。将杯子一凑到嘴边，理世子就凝视起行介的右手来。放在柜台上的右手能微微看到手掌，那是被火烧伤的右手。

和那个热度比较的话，咖啡的热度实在算不上什么了。

“很好喝。”理世子低声说，将视线移向行介的脸，表情依旧阴暗。她慌忙将视线移回柜台，就又看到了那烧伤的手。

“找你谈的事情就是，理世子小姐被坏男人欺骗了，很苦恼，所以我们就两个人一起去教训他一顿。”岛木把咖啡喝了一半，用缓和的声音说。

行介的表情没有变化。

理世子把端着的咖啡杯放回了盘子上。本来是想安静地放下的，但杯子发出了很大的声音。

“其实——”

岛木开始说，将理世子至今为止发生的事情毫无保留地告诉了行介，没有任何润色和夸张，全部淡然地述说了。就连无缘无故地殴打勇树这事，岛木也详细地告诉了行介。理世子感到意外，她还以为岛木会稍微顾忌一些呢，理世子在自己脑中如此单方面认定。

“对这家伙说谎也没用，他是经历过不可想象的苦难的男人，所以还是毫无保留地都说出来比较好。”察觉到理世子的想法，岛木深深地点着头说。

“然后呢，想让我怎么办？”行介低声说。

“想让你教训一下那个叫良久的坏男人，简单来说就是如此。”

“教训？也就是说，让我给那个叫良久的人苦头吃是吗？”行介那阴暗的表情中混杂了困惑。

“是的，不用到留下伤痕的程度，让他尝尝苦头就行。要是留下伤痕的话，就有牵扯出伤害罪的可能性了。”岛木用干脆的口吻说。

“尝了苦头，那个叫良久的男人就会支付抚养费了吗？这种事情，还是不清楚吧。”

“那就是我的事了。你只要按计划让名为良久的男人吃了苦头，之后我会来想办法的。”岛木用断然的语气说。

“但是，那个男人一直都随身带着刀吧。我被反过来教训的概率也很高，那时候打算怎么办呢？”

“那就——”岛木一瞬间语塞了。

“那就到时候再说吧，一定会想到什么好办法的，不用担心。说起来，我倒是完全没想过你会反过来被教训呢。”岛木嘴快地说。

“真是不负责任的话啊。”行介用震惊的声音说。

“是啊，是很不负责任、很任性的话，所以才跟你说的。因为会接受这种话的人，除了行介你，就没有别人了。”岛木满不在乎地说。

“除了我就没有别人了吗。”

行介只这么说了一句，就抱着粗壮的胳膊沉默了。

沉默持续着，理世子感觉这实在是令人讨厌的时间。她必须得说点什么。

“请帮帮我吧，拜托了。这样下去的话，我们母子二人是生活不下去的。请务必帮帮我们吧。”理世子像是大喊一般地说，额头碰上了柜台。

然而，沉默持续着。

“我这边也拜托了。看吧，就是如此了，就请接受理世子小姐的请求吧。”旁边的岛木也把额头碰到了柜台上。

“这样下去的话，理世子小姐和勇树都会完蛋的。孩子是没有罪的，勇树才上小学三年级，还是那么小的孩子。”岛木用从喉咙里挤出来似的声音说。

“这——”行介发出了声音。虽然那是沙哑的声音，但打破了沉默。感觉到旁边的岛木扬起了脸来，理世子也战战兢兢地将额头从柜台上移开了，抬起头来对上了行介的目光。

“我明白了。”行介用十分低沉的声音说，“但是，我有个条件。”

理世子和岛木互相交换了一下视线。

“条件是什么？说清楚。”岛木盯着行介看。

“对你一个，对理世子小姐一个。”行介用沙哑的声音说。

“我和理世子小姐，一人一个？”受其影响一般，岛木也用沙哑的声音回道。

“对你的条件，不管最后是什么结果，都等结束之后再说。”

“……”

“对我的条件呢？”理世子战战兢兢地询问。

“在我和名为良久的男人交手后，不论事情结果如何，绝对不许再对勇树出手，就是这样。”

“这不是必然的吗，对吧，理世子小姐？”岛木探头看着理世子的脸。

“不对勇树出手……”理世子只单单念着这句。

“如果你能答应的话。”行介强调一般地说。

“所以说了，这不是理所当然的事情吗？理世子小姐，果断地答应这家伙吧。”岛木大声地说。

“但是，这……”

老实讲，理世子并没有能断然答应的自信。在行介洞穿一般的视线下，她也没有说谎的自信。行介说了不论是什么结果，虽然要是结果好的话，她有答应的自信，但如果不好的话，会怎么样呢？感觉怎么也不可能答应这样的约定。

理世子话到嘴边又憋了回去。

“要是感觉能答应这个约定了，请再到这里来吧。”行介用解释的语气说完，谈话就此结束了。理世子的杯子里面，冷掉的咖啡还剩下一半左右。

理世子盯着桌子上蜡烛的火焰。

“说是让我答应。”她对着火焰说。

“要是顺利的话还好，要是不顺利的话，没法答应这种事情不是吗？”她苦闷地说，又一次向火焰伸出了右手。要是能像行介一样坦率地接受惩罚的话，感觉就可以不再对勇树暴力相向了，要是能忍耐这个热度的话。

理世子将手遮在了火焰上，全身就传开一阵刺痛般的痛楚，立刻将手移开了。这根本不可能忍耐得了，意识到自己手指的连接处变红了，理世子就盯着那变红的部分看，越看越生气。真是不好的征兆，她凝视着那红色的部分。

“为什么要做这么荒唐的事情？”

这股莫名其妙的怒气穿透了她身体的核心。她用余光看到垃圾桶中扔着的杯面容器，容器就原样丢在了垃圾桶中，明明那么强调过要把容器压扁以后再丢掉的。她更加气愤了，实在不可原谅。

理世子忽然站起身来，打开了六叠间的门。

勇树裹在被子里面睡着，理世子朝着他的侧腹部踢了一脚。勇树睁开了眼睛，慌忙一跃而起。理世子给了勇树的小脸蛋一巴掌。

“我不是一直都说，让你把容器压扁了再扔吗？”她继续打着。

“对不起，真的对不起，我发呆了忘记了。”勇树哽咽着道歉。

“忘记了是你的错。”理世子拧着勇树的腹部侧面。

“对不起，真的……”虽然勇树拼命地道歉，两眼却没有润湿。

“为什么打你你也不哭？为什么我这么做你还是忍着？”这次理世子殴打起他的头部来。

“对不起，我是真的忘了，对不起。”

理世子继续揍他的脸颊，勇树仰面倒下了。

“差不多该哭出来了好吗？为什么我打你你也不反抗呢？既然是男人的话就该还手吧，为什么要这么忍耐着？”

理世子喊叫着，这一切都让她很生气。

“我对母亲你，母亲你……”勇树用颤抖的声音说。

“吵死了。”理世子喊叫着骑在了勇树身上。

“吵死了，吵死了，吵死了。”她用双手殴打着勇树。

有什么滚烫的东西在往上涌，理世子一边流着眼泪，一边打着勇树。

第二天傍晚，便当屋的工作告一段落了，理世子的手机上接到了岛木打来的电话。

“怎么样了，下定决心不再打勇树了吗？”岛木用温柔的语气问。

“那种事，是不可能的。”理世子一边将手机压到耳朵上，一边离开厨房走到了后门。因为是不想被任何人听到的内容，而且店里飘着的家常菜的味道也很烦人。她从后门出去了。

“喂，听得到吗？”岛木接二连三地说个不停。

“听得到，我只是换到了一个没人能听到的地方来。”

“那就好。”岛木的声音听来放心了。

“我不行的，昨天才刚刚——”

理世子把自己将睡着的勇树弄醒了殴打的事情，诚实地告诉了岛木，毫无保留一五一十地都说了。

“然后呢，勇树君没事吧？”岛木只停顿了一瞬间，就马上问道。

“勇树的脸肿了，今天没去学校，在家休息了。明后天也打算休息，不管是谁看了那张脸都应该知道是被打了。”理世子用力憋着声音说。

“虽然这是很明智的处理办法，但勇树君的身体怎么样了？”

“身体没事，只是脸肿了，骨头方面没有异常。”

“那虽然好——但为了摆脱这种状态，这次的事应该拜托行介。”

“这我知道，但我没有自信。要是顺利的话还好说，但要是转向不好的一边……”理世子发出尖锐的声音。

“这里就讲求‘方便’了。”听完了理世子的话，岛木只是这么说，“世间的一切都是‘方便’，这么想的话怎么样呢，理世子小姐？”

“这么想的话？”

“不要想着会变成坏结果。绝对不会有坏结果的，一定会顺利的。这么想的话，理世子小姐的口中就能说出让行介满意的答案来了不是吗？”

“绝对不会变成坏结果吗？”理世子不由得念了出来。

“行介是很强的。不管良久打架有多厉害，或是带着刀子，到底也是赢不过行介的。这么想就好了。那家伙很强，绝对不会有坏结果的。虽然可能是‘方便’的想法，但就是这么一回事。”岛木解释一般地说。

“行介先生很强，良久是赢不过行介先生的……”理世子自言自语似的说。

“是这样的，那家伙很强，不可能会输的。只要相信这点的话，就能简单地回答了不是吗？”

“这倒是。”

“不管怎么说，那家伙可是把人给——”这么说着，岛木忽然停下了。

理世子的脑海中浮现起行介那被火烧伤的丑陋的右手。

是啊，自己烧自己的手什么的，普通人是做不到的。昨天理世子也试了，却没能做到。

理世子的脑海中好像开窍了一般。

“是这样啊，就是这样。我明白了，我这就去宗田先生那里。”理世子用开心的声音说。

“那我也一起去吧，在哪儿会面？”岛木也用很开心的声音说。

“不，因为距离下一份工作的时间不多了，我就自己一个人去，这样的话，宗田先生应该也就不会产生些什么奇怪的想法了吧。”理世子大喊道。

“这么说，倒也是。”岛木很遗憾似的说。

“所以就是这样了，结果我会用电话告诉你，真的十分感谢。”理世子挂了电话，急忙回到店里，距离便利店的那份工作还有不到一个小时。

十五分钟后，理世子站在了咖啡屋的柜台前。

“关于昨天宗田先生提的条件，”理世子用干脆的口吻说，“无论结果如何，我都承诺不再对勇树出手。”她直视着行介的脸。

“是当真的吧，我可以相信您说的话吧？不论结果如何，您都能信守约定？”行介回盯着她。

“好的，那就约定好了。”理世子看向行介的右手，自己对自己说着这个人很强，她毫不犹豫地回答。

“我知道了。那，什么时候呢，跟那个叫良久的人较量一场？”

“因为我后天没有便利店的工作，所以那天晚上，等这家店打烊了的时候怎么样？”

“后天吗，那么，到底要去哪儿呢？”

“因为我不清楚运输公司的工作什么时候结束，所以很抱歉，只能在那个人的公寓门前等着了，然后——”理世子发出蚊子一样细微的声音。

“我明白了。虽然不知道会有什么样的结果，但请您继续讲吧。”

对轻轻点头的行介，理世子说：“当然，我会去的，我想岛木先生大概也会去的。”她露出微弱的笑容来。

“是啊，大家都会不请自来的吧，话说回来——”行介认真地看着理世子的脸。

“喝一杯咖啡吗？”说着，行介露出了满面笑容。

理世子还是第一次见到行介的笑容，那是让人很舒服的笑容。

“虽然我非常想喝，但今天还有一份工作，时间不允许，真是抱歉。”理世子看了一眼手表，深深地低下头去。这是真心话，她真的很想喝，但无论怎么想都不行了。

“那，就等您不忙了再来。”

就像被行介的话送出去一般，理世子奔出门去。

良久住的木造灰浆公寓前面，正好有个适合等人的小公园在。

三人坐在了公园的长椅上，盯着眼前的道路。要是想回公寓的话，一定要经过眼前的这条道路。

“真晚啊，那个人。”理世子用细不可闻的声音说。

时间已经到了十一点。

“因为是运输公司，根据卡车运输的时间安排，也会有晚的时候吧。”岛木随着说。

“难不成夜间运输的话，也有可能明天才回来吗……”

“要是那样的话，不是也有可能后天才回来吗，是不是啊，阿行？”岛木捅了捅身旁行介的腹部侧面。

“是啊。”行介简短地回答。

“说起来，您老人家好好地考虑过对付刀子的防御方法了吧？”岛木用很担心的口吻问。

“对付刀子的防御方法？”行介小声地说。

“只要不被刺中身体就行了，就是这么一回事吧。”行介若无其事地说。

“身体吗……这个啊，虽然道理上说确实如此。”岛木轻轻地摇了摇头。

因为是在大路很深处的地方，周围都很安静，听不到什么响动，也没什么灯光，只有公园里设置的水银灯，把地面模模糊糊地照出一片苍白。

良久回来时是十二点左右。

“来了。”这么说着，理世子的话就像信号一般，三个人立刻从长椅上站了起来。

“那就是，理世子小姐的前……”说走嘴的岛木，话尾微微地颤抖。

虽然在暗处看不清楚，但良久看起来个子很高，身体也十分结实。简单来说，就是很强。

理世子向着良久走去，岛木也跟在她身后，而行介就站在长椅前没有动。

“理世子，你为什么来了？”看着理世子的身姿，良久发出了吃惊的声音。

"原因你不是很清楚吗？为什么不按照约定，支付抚养费呢？"

"抚养费啊。"良久发出了嘲笑的声音。

"这是我考虑后的结果，想着我也该学习学习这世间的风潮。"良久用干脆的口吻说。

"就是说，你没有打算支付的意思，是这样吗？"理世子感到愤怒。

"就是这么一回事吧，别恨我啊。话说回来，那个干瘪大叔是谁啊，你的新男友吗？"良久扬起下颌，指了指岛木。

"别对理世子小姐说这么失礼的话，我是她的监护人。"岛木的声音虽然很粗暴，但话尾果然还是有些藏不住地颤抖。

"监护人吗？那你这个监护人，到底想对我怎么样呢？"良久打量一般地看着岛木。

"我在想让你尝点苦头。"岛木挺起胸地回答。

"哈！"良久发疯似的叫道，"让我尝点苦头？你是认真的吗，大叔？靠你这肚子突出的身材，到底想怎么让我尝到苦头啊？"

"当然了，做你对手的人不是我，你的对手是站在那里的男人。"岛木指向了站在长椅前的行介。

"真是有趣。最近也没怎么打架，我正跃跃欲试呢。这样啊，要让我尝苦头是吗？"良久忽然瞥了一眼理世子，而后不假思索地走进了公园中。理世子和岛木随后慌忙跟了过去。

良久和行介互相瞪着对方。

"这不是个看起来很强的大叔吗？"良久用很认真的表情说。

看来一眼望去，他就意识到了与行介打架的实力相当，不愧是做过不良少年的人。

“我如果赢了的话，你能好好地支付给那个人抚养费吗？”行介用波澜不惊的声音问。

“我可做不了那种保证，而且话说回来，反正赢的人也会是我。”

说着，良久就从上衣的内口袋里面拔出了什么，那是一把刃长十五厘米左右的小刀。理世子的口中发出了惊叫声，她实在是没想到他一开始就拔出刀来。

沉下重心来的良久慎重地摆出架刀的姿势。

行介则是双手自然下垂的姿态。

“去死吧，大叔。”

这一声就如信号一般，行介动了起来。他将粗壮的手臂挡在胸前，交叉成结实的形状对着良久。看来行介是为了不被刺中身体，打算用手臂承受刀子的意思。

看着对面的行介，良久后退着，像是不知道怎么应对行介的战术一样。他一边后退，一边胡乱地挥舞着刀子。

这样的良久看起来满是破绽，行介就那么无言地向前进着。

“臭大叔！”良久吼叫着，挥着刀子就朝行介刺过去。行介的身体和刀子交错而过。

“啊！”有谁大喊了一声。

刀子好像被行介那粗壮的手腕弹了出去，在水银灯的光芒下划出一道弧线飞了出去。

行介的右手向良久的胸口伸去，紧紧地抓住了他，然后就那么将他悬空吊了起来。那是十分惊人的臂力，竟然用一只右手就将一个成年男性吊了起来。

良久在空中不断地挥舞着两只手。但是行介一动也不动，全身力气都集中在良久的咽喉处。行介的太阳穴血管绷起，脸色变得通红，那是鬼一般的样子。

良久双手的动作慢慢变小了，终于在他失去意识那一瞬之前，行介将掐住他咽喉的右手放开了。良久筋疲力尽地瘫倒在了公园的地面上。

“怎么样，能好好支付抚养费了吗？”行介蹲在了良久身前大吼道。

“会付的，会好好付的。”良久的喉咙呼哧呼哧地喘息着，用细微的声音回答。他的脸上因为恐惧而变得痉挛。代替站起身来的行介，这次是岛木蹲下了。

“顺便告诉你件事吧。”岛木低声细语般地说。

“那个男的，就是以前理世子小姐告诉过你的叫咖啡屋的咖啡馆的老板。不管你问谁都会知道，这个男人以前杀过一个人。总之，他可不是一般人。”岛木这么说着，对行介露出了个抱歉的表情低下了头。

“因为这个罪行，他在岐阜监狱服刑了八年。这期间，他也被黑道老大们所看重，是在那方面也能卖出面子的男人。”岛木说了不得了的话出来。

“我想说的就是，即便你不想付钱了逃跑的话，全国的黑道组织也会追查你，要你付出相应的代价来呢。黑道上的代价是什么样的，曾经做过不良少年的你，应该能很容易想象到吧。”

对岛木的虚张声势，良久下巴颤抖着点头。

“总之，就是这么回事了。”岛木出声地拍了拍良久的肩膀，站了起来。

“那么，回去吧，理世子小姐。”

岛木领着头离开了。

回到公寓的时候已经过了夜里一点。看向里面的六叠间，勇树今晚也好好地盖着被子睡着了。

“对不起，勇树。一切都料理好了，妈妈我绝对不会再打勇树了。”理世子对着睡着的勇树，温柔地说着，微微低下了头。

看了一眼厨房的垃圾箱，杯面的容器被压扁后扔了进去。看来勇树很好地遵守了说过的话。

“这样的话，一切就都会好的。”理世子口中自言自语地念叨着，轻轻坐在了厨房的椅子上，嘴角自然地露出笑容来。

那是回来路上的事。

“喂，你，手臂受伤了啊。”岛木看着行介的左手，他的手脖子上部附近被刀尖划破了，血一个劲地流。

“弹开刀的时候稍微擦破了，但这种伤不用管也会好的。”行介像个没事人一样地说。

“那个，请用这个吧。”理世子高声说着，将手绢取出来缠在了出血的部分，然后用力地绑住了。

“十分感谢。”

岛木一脸羡慕地看着这么说的行介的脸。

“说起来，岛木，之前我对你说的那个条件。”行介用一本正经的声音说。

“啊，对了，那个，对我的条件，到底是什么啊？是很难的事情吗？”岛木用很担心的语气问。

“是很简单的事情。”行介的表情似乎微微舒缓了些，“不准对这个人出手。仅此而已，绝不是什么难事吧。这就是对你的条件。”

“欸！”岛木忽然生气地鼓起了两边腮帮子。

“这种事，就是你不说的话我也知道啊。我只是看不得理世子小姐这么困扰而已——从一开始就没有一丁点那种企图啊，这是理所当然的。”岛木支支吾吾地绷着脸说，眼睛盯着上空看。虽然是绷着脸，但理世子也觉得那是个好表情，她却不小心笑出了声。

想着这些事，理世子忽然就被睡魔侵袭了。今夜经历了太多事，她身心都很疲惫了。

理世子缓缓地从椅子上站了起来，进入六叠间换上了睡衣。在勇树旁边铺上被子，麻利地钻了进去，马上就被睡意造访了。

她感觉到一股异样，不知过了多久，才慢慢地张开眼睛。

不知是谁正站着，看着理世子的脸。

是勇树，勇树一直在盯着理世子的睡脸。

“怎么了，勇树，出什么事了？”

半坐起身的理世子，感觉到有什么似乎和平时不太一样。是什么呢？是勇树的手里。勇树似乎在握着什么。

她不由自主地屏住了呼吸。

勇树的手里握着的是菜刀。

理世子的心脏缩紧了。

“因为，因为我最喜欢妈妈了。”

勇树用嘶哑的声音说着，理世子知道他的双眼润湿了。勇树紧握着菜刀，静静地哭泣着。

“天罚”这样的话在她脑海中浮现。

“天罚……”理世子只念叨着这一句。

她知道勇树立起了刀尖，但她感觉被刺中也无所谓，毕竟自己做过那样的事情。

理世子伸开双手，紧紧地抱住了握着菜刀的勇树的身体，感觉身体的某处传来了一阵疼痛，但她并不在意。

理世子更加用力地抱紧了勇树。

4

渺小的恋情

渺小的恋情

▶

千明看向芳树的脸，

意识到他的眼周微微发黑，

那是被揍的痕迹。虽然看起来像是

熊猫，但千明觉得很帅气。

实在是太烫了，这咖啡。

稍微含一口咖啡，轻轻地滑落到喉间。虽然不是很明白那个味道，但让人心情舒畅，香味还残留在鼻腔深处。

“怎么样，我家的咖啡？”从柜台的对面，传来了低沉、温柔的声音。

抬起头来，视线便相撞了。虽然那目光看起来很温柔，但“咖啡屋”的主人行介，有着杀过人的过去……这是街上的人都知道的事情。

“啊，非常好喝。”千明用响亮的声音回答。

“那就太好了。”他那严肃的脸上露出些许微笑来。

“说起来，这孩子——”

行介的视线移向了坐在千明身旁的冬子。

“我家后面有户人家，这是杉原先生家的闺女——从她小时候起我们就熟识了，一直关系不错。”带着微笑的冬子说的话如同信号一般，千明慌忙站了起来。

“我是杉原千明，上中学二年级了，和冬子阿姨一直关系很好。”千明对着行介弯腰，低下头，而后不发出声响地坐回了圆凳子上。

“啊，我是独自经营这家店的宗田行介，年纪和这位冬子阿姨一样大。”

行介知道，他的话让冬子的脸颊微微鼓了起来。看起来是对“阿姨”这个词的反应，但千明和冬子说话时一直都用这个词。所以说，这其实是对行介这么叫她而表示抗议。

“在冬子家后面，那也是在做什么生意吧？”行介露出沉思的表情。

“千明家不是店铺，是普通的上班族，阿行你可能不清楚。他们作为我家的客人，从以前开始就经常光顾。”冬子噘着嘴回答。

“父亲是上班族啊，难怪我不知道呢。”行介像自言自语一般说。

“啊，我父亲不与我们一起生活。我的父母五年前离婚了，现在是我和母亲两个人一起生活。虽然还有一个姐姐，但两年前左右结婚了。”千明急忙接着冬子的话茬道。

“离婚了吗，和母亲两人一起生活啊——这，该怎么说好呢，真是很辛苦啊。”行介露出看起来很抱歉的表情。

“虽然是很辛苦，但千明的母亲在做着保育园的老师呢。”这回是冬子补充千明的话。

“是这样啊，在做保育园的老师吗，那就没关系了。”行介又自言自语般地说。

“只不过，母亲上晚班的时候，千明就不得不自己做饭了。虽然这也真够呛，但因此千明做饭的本事跟主妇有一拼了。拿手菜是咖喱米饭，对吧，千明？”

对冬子的话，千明边说着“对”边点头，脸涨得通红，心想：只是把肉和蔬菜炒一下，里面加上咖喱酱而已，这也能算是料理吗？

“那可真是了不起。我也经常做咖喱呢，但总是做不好，要是有窍门的话还请告诉我呀。”行介的声音听起来真的很钦佩似的。

“就算说是窍门，其实无论是谁做那个，应该都能做好才对。”千明有些不好意思地说。

“那个，宗田先生没有妻子吗？”就算是杀过人，她也没想过这个年纪的男人还没有结婚。

“因为我做过不能做的事情，所以……”行介低声回答。

“因为阿行的头脑太死板了，所以意气用事地坚持着独身。”冬子用心不在焉的口吻说。

感觉到她的表情深处流露出些许悲伤来，千明心中“啊”的发出了一声，冬子阿姨喜欢这个人。千明确信这点，应该不会错的。所以她才带自己来这家店的吧，虽然不是很清楚理由，但就是这么觉得。

“我倒不是因为意气用事……只是作为人……”为了打破千明的思考一般，行介低声说。

“作为人——真是美丽的话啊。阿行，但是，我觉得有些太过美了。”冬子盯着行介看。

“冬子你……”行介发出语塞的声音。

“说起来，你会和中学生的千明两人搭上伴，想一想真是奇妙的组合啊。”行介像转变话题似的说。

“阿行，找你是有要紧事的，是很要紧的事情。”

“有要紧事找我，冬子和千明吗？”

“对，该说是想听听男人的意见呢，还是想听听阿行你的意见呢？”冬子用很闪亮的目光看着行介。

果然冬子喜欢这个人。

“关于什么的意见？”行介的声音听来很惊讶。

“恋爱的烦恼。”冬子脆生生地说。

“恋爱的烦恼，是找我来商量恋爱的烦恼吗？”行介那张严肃的脸，露出了震惊的表情。

和冬子分别后，一个人回到家的千明上二楼走进了自己的房间，坐在桌子前托起了腮。脑海中浮现的，是这回跟冬子一起去向行介咨询意见的关于芳树的事情。

虽然班级不同，但她和工藤芳树是一个中学同年级的，因为偶然的事情而变得亲密起来。午休时，从运动场出来的千明在洗手池洗了下手回教室的时候，被芳树搭讪了。

“手绢——”回过头去，一个男生站在那里，手里拿着手绢向着千明伸去。看起来是她在洗手的时候，本来系好的手绢不知什么时候落下了。

“啊，十分感谢。”接过手绢的千明干脆地道谢，不知为何话尾有些颤抖。

“因为我正好看到了你落下手绢的瞬间，所以，该怎么说呢……”男学生支支吾吾地说。

“我是三年级的工藤芳树。”他十分生硬地报出了自己的姓名。

“我——”既然对方报了名字，千明就感觉自己也该说似的张开了嘴。

“你是五班的杉原千明吧。”反倒是芳树那边先说了出来。芳树的耳郭被染得通红。

那个瞬间，千明感到自己的脸也通红。以这件事为契机，两人迅速地变得要好。由于两人的境遇相似，关系发展更是迅猛。

千明家和芳树家一样是离婚家庭。千明家是因为父亲有了情人，而离婚的。芳树家也是一样，经营医疗公司的父亲和芳与陪酒女郎出轨而导致了离婚。

唯一不同的一点是，千明家是父亲去了爱人那里，而芳树家是母亲离开，留下了芳树和父亲。

“因为我今后要开启一段新的人生，所以芳树就——”

虽然那时候母亲是这么说的，但或许这也是对丈夫一种竭尽全力的抵抗。

那之后，芳树的父亲和出轨的对象分手了，和千明家一样，开始了一个家长一个孩子的生活。那都是三年前的事了。

因为芳树这件事而引发问题，是在大概一个月之前。

那天，千明把关系很好的芳树带回家，介绍给了自己的母亲隆子。最开始隆子又是拿出小饼干又是端出果汁的，聊得很开心，但过了一会儿，隆子的脸色就变了。

“芳树君家里，跟我家一样也是离婚家庭。”千明这么说着，开始详细地讲起来。

“我稍微有点事。”千明说完后，母亲用沙哑的声音回道，迅速离开了房间。

虽然觉得很奇怪，但千明就那么继续和芳树聊着天，一个小时左右后，芳树回去了。

在那之后，千明的母亲紧接着对她说了这样的话：“不要跟那个孩子交往了。”

千明完全不明白这是怎么了。

“欸，为什么啊？妈妈你不是一开始也很开心地聊着天吗？虽然中间不见了人影。”千明噘起了嘴。

“因为他是离婚家庭的孩子。”母亲说出了让人意外的话。

“离婚家庭——我家也是离婚家庭不是吗？因为都一样，不是挺好嘛，为什么说不行呢？”千明的声音不由得变粗了，母亲的借口听起来实在是太自作主张了。

“咱们家有根本区别。”

“区别……有什么区别啊，在我看来都是一样的。”

“咱们家是父亲在外面有了人而出户了，那边也是因为父亲出轨而离婚的，但是夫人走的时候没有带走芳树君。这是完全不一样的。”

千明完全没听明白。

“也就是说，千明。”母亲注视着千明，“我完全没有做错什么，而那个孩子家，是父亲和母亲都不好。”

“父亲不好我能理解，但是芳树君的母亲……”千明发出讶异的声音。

“一般孩子都是母亲带着的。不管有什么理由，把孩子推给父亲，自己离开什么的，我怎么也无法理解。这样的父母养大的孩子，我是不能让你交往的。”

虽然听起来似乎很有道理，却是狗屁道理。

“就是这样了，明白了吧。”那是不容分说的口吻。

母亲完全禁止了她和芳树的交往。

然后今天，千明下定决心造访了“辻井”，找冬子谈了这件事。

“可能是所谓相似相憎吧，由于境遇相似，自己看来就会觉得很生气。”冬子这么说。

“关于芳树君母亲的事情呢？”千明问个不休。

“就像千明你说的，虽然有一定道理，但也可以说是狗屁道理——说不好是有点像羡慕一类的感觉。”

“羡慕？”

“也就是，怎么说好呢？把芳树君塞给父亲抚养的母亲，正是她愿望中自己想做的事情。”冬子摆出沉思的表情来。

“啊。”千明不禁暗自叫了一小声。

也可以这么考虑啊。对父母来说，有时候子女是很沉重的负担。这对千明来说既是充满新鲜感的震惊，也是很悲伤的震惊。自从说了不要和芳树君交往以来，千明就和母亲之间拉开了距离生活，从今天开始她不想再这样了。

“对不起，说了这么极端的话。这只是有可能而已，我想千明的母亲是不会的。”冬子很不好意思似的说。

“嗯，我知道的。”千明爽朗地点头。

这之后聊了一阵善后处理的话，但没有得出结论。

“对了，千明，去喝咖啡吗？好喝的咖啡哦。顺便，可以跟那里的老板咨询意见，听听男人在这种时候会怎么想。”冬子就这么说着，把千明领到了咖啡屋。

“明明杀过人，但那眼神……”

千明在桌上托着腮，口中自言自语似的念叨着。

行介的目光中满是温柔，充满了柔和的光芒。那目光到底是怎么回事？千明想了下，回忆起了妈妈的目光。

芳树的事情发生后，妈妈的表情看起来总有些阴暗。特别是目光，目光深处有着严峻，那是千明以前没见过的。

千明想起了在咖啡屋的谈话，不由得发出了一声轻叹。

被征求了意见的行介这样说：“是想问我，该怎么办才好吗？”

他抱着胳膊仰头看天，那样子明显很为难。

“千明，你和那个叫芳树的学生，这之后也想认真地交往下去，对吧？”行介叮嘱似的问。

“是的，是这个打算。”千明点头。

“女人是跟她讲道理也不会听的，这样的话，剩下的方法就只有两个了。”

“有两个方法吗？”冬子发出了惊讶的声音。

“虽然有，但因为是作为男人的我考虑出来的办法，也不过是很有限的办法罢了。”行介露出有些不好意思的表情来。

“首先，背着你妈妈和芳树君继续交往。”

冬子立刻露出了失望的表情。“另一个就是——”冬子催促似的说。

“既然说没用的话，那就只好付诸行动了不是吗？”行介抱着的胳膊绷上了劲。

“行动，是怎么一回事呢？要怎么做呢？”千明探出身去问。

“该怎么做，对这种事不在行的我是不清楚的。总之，如果母亲不肯听的话，感觉就只能采取付诸行动这样激烈的手段了。”

“行动吗，男人和女人的……”冬子自言自语似的说。

“虽说是行动，但该怎么说呢，不是造出小孩那种，总归应该是符合中学生行为的那种。我想大概是这样吧。”行介很艰难地开口说，一边把那骨节突出的手挡在了嘴边。

“阿行，你偶尔也能说出点好主意来呢，我也是这么想的。说不管用的话，也就只能行动了。嗯，大概只能这么办了。”冬子不断深深地点头，露出满面的笑容。

“真漂亮啊。”看着冬子的侧脸，千明忽然这么想。

虽然从以前开始就看惯了，但没有意识到冬子是这样美丽的女性，明明和隆子相差了不到五岁。果然有喜欢的人在，就会发出与众不同的光辉来。得出了这样结论，千明看向行介，那边却绷着脸。

“那，阿行你觉得千明应该采取什么样的行动比较好？”冬子用响亮的声音问。

“这个刚才也说过了，作为男性的我不是太了解。但，虽然是啰唆话，我还是要强调应该符合中学生身份……”和冬子响亮的声音相比，行介则干巴巴地回答道。

“嗯——能想到这里，对阿行来说已经很棒了，就饶了你吧。”冬子用男孩子一般的方式说。

“千明，这样看来你只有行动了呢。符合中学生身份的，男孩和女孩的行动是什么呢？”冬子正面看着千明。

“我会想想的。我会好好考虑一下，到底该怎么行动才好。”千明用力地点头。

冬子忽然向行介投去了视线，行介一如既往地绷着脸。

“摘去符合中学生身份这句，男女之间的行动有很多种呢，你不这么想吗，阿行？”冬子望着天，轻轻叹了口气。

千明家是一座独栋的房子，而芳树家是七层楼房的最顶层。

“果然很漂亮啊，从这里看向周围。”千明一边看着窗外的景色一边说。

“看惯了的话，就觉得没什么了。比起这个，我倒是觉得千明你更好看。”坐在椅子一端的芳树露出不好意思的笑容说。因为父亲在公司，所以屋里只有他们两人。

“欸，但是，看惯了的我的脸，不也觉得没什么了吗？”千明不由得坏心眼地说。

“才没有这回事，绝对不会有看惯了千明这样的事情。不管什么时候千明都是又漂亮又可爱的。”

把戏言当真了的芳树的话听起来很舒服，千明忽然觉得自己也许比以前更美了。同时，冬子的面孔在她的脑海中浮现了出来。在漂亮的程度上，自己果然还是逊色。但那是大人，千明想着，自己的话再过几年也多少能比得上，然后推测起了冬子到底有多喜欢行介这样多余的事。

“怎么了，千明，怎么不说话了？快坐到这边来啊。”芳树用焦急的声音说。

千明听他的话离开了窗边，坐到了芳树身旁。

芳树马上就伸手抱住了她的肩膀，嘴唇贴了上去，但到此为止了。班里也有做到最后一步的女孩子在，但千明毫无那个打算，只能允许到接吻，也只是宛如小鸟一般双唇轻合的吻。千明只要这样就足够幸福了。

忽然芳树的胳膊用力，似乎想要强硬地撬开千明的嘴。

“不行。”千明马上撤开了嘴唇，瞪着芳树。

“对不起，一不小心就……”芳树涨红着脸，急忙低下头。

“因为我们还是中学生，能做的也就到此为止了，要是再做奇怪的事情就……”千明的话戛然而止。

“做了奇怪事情的话，会怎样？”芳树用快哭出来的声音说。

“就分手啊。”千明用强硬的语气说。

忽然，芳树的身体一下卸去了力气，看起来好似小了一圈。

“对不起，真的对不起，绝对不会再做奇怪的事情了。”芳树哀求地说。

真可爱啊，千明忽然这么想。

“那这次就原谅你了。但是，下不为例哦，芳树。”这次千明用安慰似的声音说。

“嗯。”芳树老实地点点头。

“比起这个，付诸行动的事，你好好考虑过了吗？能让我母亲同意的办法。”

“考虑过了，我好好考虑了，想到了一个好主意。”芳树满是得意地挺起胸膛。

“欸，是什么？快说啊，快说！”千明追问道。

老实说，她是完全没什么指望。她自己是个孩子，而芳树也比外表看起来更像个孩子，感觉只是他们两人商量的话是完全没用的。

“让千明的妈妈——”

“嗯。”

“和我的父亲见见。”

芳树到底想说什么，千明完全不明白。

“见面，是什么意思呢？”

“相亲啊。他们能结婚的话，我和千明就可以在一起了，怎么样，是个好主意吧？”芳树露出满脸的笑容。

“那个啊，芳树。首先，这件事是不可能的。中年男女忽然见面，然后就结婚了这种事，是不可能顺利实现的。”看了芳树的笑容，那太过幼稚的感觉让千明惊呆了。

“是这样啊，我还想着双方都没有对象的话，应该能进展得很顺利呢。”芳树歪着头说。

“还有，要是我妈妈和芳树你的爸爸结婚了的话，我和芳树就成了家人。成为家人的话，就不能接吻，也不能拥抱，还有——”说个不停的千明忽然语塞了。

她在考虑这种情况下，是不是真的不能结婚，而后愕然了。她震惊于自己想到以芳树为对象结婚这样的事，即便这只是假设。

“还有什么？”芳树用好奇的表情观察着千明。

“还有，我妈妈挺挑长相的。对方是芳树的爸爸的话，大概是不能接受的。也就是说，虽然是个好主意，但是行不通。”千明的语气很干脆。

“这样啊，行不通啊。虽然我倒不觉得我爸爸长得多难看……但是成为家人就不能接吻的话很讨厌，就算了吧。”芳树很轻易地就撤回了自己的意见。

这么说的千明虽然也考虑了很多，但是完全想不出好办法而十分焦虑这也是事实。

“那个，果然只有造出孩子来了吗，好办法——”

芳树这么轻声说着，话音还未落，千明就真的生气地喊道“不行”。

芳树的身体立刻微微缩了一下。

“对不起，我绝对没有下流那方面的意思，真的只是除此之外就没别的办法的感觉。”那是像蚊子一样细的声音。

千明自己也是这么想的。

然而，实际问题是，如果这样的话，一定会引出大乱子来的。不可能这么做的。而且咖啡屋的行介说了，要做出符合中学生的行为来，千明会遵守这点的。

想了这些，千明忽然很想去见见行介。

“芳树，接下来去不去咖啡屋？见了那里的老板总觉得能安心下来，说不定能想出好办法来呢。”虽然不知道为什么，但她就是想让芳树见一见行介。

“咖啡屋吗，那个杀过人的老板的店？”芳树发出了怯

懦的声音。

“芳树，你是男孩子吧？”千明砰地捶了一下芳树的后背。

芳树的脚步停在了木门前，看起来是在踌躇要不要进去。

“怎么了，为什么杵在这里啊？”千明责备似的问。

“怎么想都有些恐怖呢，那个，因为是杀过人的人开的店。”芳树用沙哑的声音回答。

“那已经是很久以前的事情了，而且他也为此赎过罪了。”

这么说着，千明忽然明白自己带芳树来这家店的理由是什么了——芳树很软弱。虽然中学二年级了，但他的思考方式很幼稚，身体也很弱小，不仅和气魄、霸气等这样的形容无缘，就连作为人的骨气都欠缺。虽然优点是温柔，但若仅此而已就头疼了。所以，才带他到这家店……

“进去吧，芳树。”千明抛出这句话，一口气推开了木门，门上吊着的小铃铛发出了很大的声音。

只有里面的桌子那儿有一对夫妇在，没有别的客人了。千明都没有回头看芳树，笔直地向着柜台边的座位走去。

“啊，你好，千明。”对着滑坐进圆椅子里的千明，行介用惊讶的声音搭话，惊讶的原因多半是身后的芳树。

“你好，我忽然很想喝这里的咖啡，所以就来了。”千明的声音很紧张，但这也是没办法的。她也是第二次来这家店，而且上次来的时候身边还有冬子。但是今天在这儿的是——她把视线转过去，芳树却不在旁边。回过头去，看到芳树在身后很远处露出一副为难的表情站立着。

“你在干什么，快过来坐下啊。”千明大喊似的说，敲了敞圆椅子。她实在是生气极了。

芳树急忙坐在了千明旁边。

“快，打个招呼啊。”

“啊，我是工藤芳树，和千明是一个中学的朋友。”那是如同蚊子响一般的声音。

“不是朋友，是恋人吧。”

“啊，对，是恋人。”千明变得有些难为情。

“恋人吗？真是美好的词啊。中学生就是恋人了吗，不知不觉间，变成了现在这样的时代啊。”行介像是说给自己听一般。

“叔叔你们的时代，没有这样的事吗？”

“没有啊。恋人这样的词，是等稍微再长大些之后再说的。”那语气听起来很羡慕。

“说起来，白兰地咖啡可以吗？”行介各看了两人一眼。

“好的，那就拜托了。你也可以吧，芳树？”千明用锐利的眼神看向身边。

芳树深深地点头。

“芳树君人很老实，真不错呢。”行介将酒精灯点燃，说。

“与其说是老实，不如说是软弱，明明是个男的。所以我才把他带过来的，感觉和叔叔你说过话之后，应该会稍微改善点。”千明一口气说完。

“和我说过话后会改善？”自言自语似的说着的行介脸上，划过了什么悲伤的东西，但转瞬即逝。行介无言地将咖啡壶架设好，盯着酒精灯的火焰看。

“不能软弱吗？”过了一会儿，他低声说。

“是这样啊，不能啊。”感觉松了口气似的，千明说，用手肘戳了戳芳树的腹部侧面。

“干吗啊……”芳树发出小声的抗议。

“不该说‘干吗啊’，我可是说你软弱了呢。”

“虽然可能是这样，即便如此我也好好地活着不是吗？”

“也许是可以活着——但要是我和芳树一起的时候，被奇怪的男人缠上了，你打算怎么办呢？”

不知为何话题向着奇怪的方向发展了。

“我会出声，找人求助。”芳树很认真地说。

“要是周围谁都没有，你要怎么呼救呢？”

“就用更大更大的声音呼救。”

“周围都没有人，你用多大的声音呼救都没用不是吗？”千明也变得较真儿起来。

“虽然可能没用，但我也会继续呼救的。”芳树沉声道。

“这期间，我要是被带走了怎么办呢？”

“这……”芳树无语地低下了头。

“为什么，芳树你自己不来帮我，而是拜托别人呢？是想找个缓冲吗，还是想要逃走？”

“说让我自己帮你，但我打架很弱的，那肯定不行的。”

“可能是不行，但你连想试一下的心都没有吗？要是这样的话，我可不会认同我们在交往这件事。”

这么说的时候，千明忽然意识到自从母亲不让他们交往以来，芳树一次都没有和自己的母亲隆子见过面。也就是说，芳树连向她母亲辩解的打算都没有。虽然说还是个中学生，这也是没有办法的事……

千明感觉越来越生气了。

“这和那根本是不一样的问题，不要混为一谈啊。”

“才不是不一样呢，本质是一样的。因为芳树你很软弱，所以不行，总是想要逃避。”千明斥责般地说。

“这——”

芳树刚发出那细不可闻的声音时，传来了行介的话：“很烫，请小心。”

柜台上摆上了两人份的咖啡。

“啊，谢谢。”

像是效仿轻低下头的千明那样，芳树也微微低下了头。

千明快速地伸手拿过杯子添加调料，瞥了一眼身边，看到芳树也伸出手去拿过杯子。千明加入了砂糖和牛奶，慢慢地喝着咖啡。伴随着香气，口中被温热的东西充满了。虽然很烫，但很温暖，感觉很多东西被化解开了。

“对不起，我说得过分了。”千明这么说。

“我才是。”芳树也把杯子从嘴边挪开了。

“我很软弱，对不起。我今后要为了保护千明而努力，虽然完全不知道该怎么努力。”芳树不好意思地说。

“是啊，虽然完全不知道要怎么努力，总之两人一起努力吧。”千明又喝了一口咖啡。

“能坦诚相待真是好啊，所谓年轻就是这么回事。”看到两人样子的行介，用很感慨的口吻说。

就在这话要说完还没完的时候，门上的铃铛响了。

有新的客人进来了。千明这么想着的时候，身后传来了“千明”的声音，回过头去，看到一脸惊讶的冬子站立着。

“你好，冬子小姐。”她站起来，恭敬地低下头。

“这孩子就是千明你的……”冬子发出很开心的声音问。

芳树慌忙站起身来。

“我是工藤芳树。一直听千明提起您。”芳树的头几乎要低到膝盖似的低下头。

“我这边才是，请多指教。”冬子也低下头，坐在了千明旁边。

同时，行介架设好了咖啡壶，点燃了酒精灯。真是意气相投，果然这两人是两情相悦的，千明如此确信着。

“这样啊，你就是芳树君啊？”冬子从柜台上探出身去看着芳树，用很开心的语气说。

“感觉如何？”千明很干脆地问。

“这个嘛。脸是很可爱，缺点是感觉有些软弱吧。”

忽然，千明意识到自己绽开了笑容。她看向行介，发现行介像是拼命抑制着笑意的感觉，而关键人物芳树却红着脸垂下头。

“欸，难道我说了什么奇怪的话吗？”冬子露出好奇的表情，然后从行介那里大致听说了事情的经过。

“原来是这样啊。”冬子很惊讶地说。

“但是，男孩子的话，会最大限度地保护身边的女孩子吧，即便自己被揍得很惨。我是这么想的，是不是呢，芳树君？”冬子叮嘱似的说，看着芳树的脸。

“是的，这个……”

像是要盖过沙哑着回答的芳树的话一般，千明说：“就这一点而言，跟这里的老板在一起就感觉很安心。怎么看都很强大，实际上也很强大吧。”

千明忽然闭上了嘴，差一点就说了不能说的话。

“是啊，如千明你所说的，就这一点而言，阿行是让人很安心，虽然其他的就不行了。”冬子反应迅速地说。

“其他就不行了，这是说……”千明露出一脸好奇的表情。

“很烫，请小心，冬子。”行介把冬子的那份咖啡放在了柜台上，千明没有听到冬子的回答。冬子则很珍重地双手捧起了杯子，慢慢地喝着，发出轻轻的叹息。两人是通过一杯咖啡来沟通心意的，千明感觉就是如此。

“啊，我决定好了。”千明发表宣言一般地说。

冬子将杯子从嘴边挪开，看向千明。

“关于为了让妈妈同意我和芳树交往，到底应该做什么这件事。”

芳树探着头似的看着千明。

“你打算怎么做？”冬子将杯子轻轻放回盘子上。

“离家出走。”千明用斩钉截铁的语气说。

“离家出走！”冬子发出惊讶的声音。

“是的，让妈妈看看我是认真的。”

“这我倒是明白，但是忽然离家出走，是不是有点做得太过了？”

“请不用担心，是稍微离开家一阵的小离家出走，只不过是几个小时而已。”

“只是几小时的离家出走……”冬子露出惊讶的表情来。

“因为留下书信离开家的话，就是真正意义上的离家出走了。当然，计划在那天深夜回来。”

“原来如此。”

然后千明看向张大嘴的行介的脸。

“但是，这样的话冲击也太小了，所以我可以利用一下老板你吗？”千明用仿佛能洞穿般的眼神看向行介。

“利用我？”

“是的。那天晚上，我会把母亲叫到这里一口气解决的……为此，我觉得在书信上写上老板你的名字最好。”

“阿行的名字？”冬子发出惊讶的声音。

“书信的内容——”千明稍微抬眼看了会儿天，“‘我稍微离家出走一下，详细情况请向咖啡屋的老板宗田先生咨询’这样。如此一来，妈妈应该就会飞奔来这里了。然后，要是您能告诉她‘我听说了事情经过，她露出想不开的表情，但是说了今晚会在夜里回到这家店’这样的话，我会很高兴的。”

“然后，在这里一口气解决是说……”冬子大声问。

“如果回家的话，就会被骂一顿了事，但如果把其他人卷进来的话，事件的严重性就增加了，场所改变的话，我想应该就能避开例行模式了。”千明用大人的口吻说。

“真厉害啊，千明。明明是个中学生，竟然能想到这么多。”冬子用很感慨的声音说，看向行介，“那么，阿行你打算怎么办？”

“我无所谓，不管怎么被利用，都能圆满收场的。”行介毫不介意地说。

“谢谢您。”千明站起来深深鞠了一个躬。

“虽然估计回到这家店时，大概已经过了关店时间。”千明很不好意思地说。

“不用在意这种事情。反正我也是单身，这种程度是不会给我造成麻烦的。”

“不好意思。还有就是，要是我妈妈早早就来了的话，请跟她讲实情。除了说这次的离家出走是计划好的之外，什么都可以和她说。因为我和芳树是两情相悦的。”

“那，也就是说虽然是离家出走，但千明只是到深夜为止都在哪里躲着，然后会到这家店里来是吧？”冬子假装没事似的说。

“不，不是的。离家出走是真的，不这样的话就是骗人了，我唯独不想这样。”千明干脆地说。

“真是诚实啊，千明。”冬子露出打心底吃惊的神色。

“那么，你离家出走的这段时间，想到哪里去呢？”

“那就要有个离家出走的样子，我在考虑去位于新宿大厦前的歌舞伎町。”

“千明，你要一个人去歌舞伎町吗？女孩子一个人的话，去那边不会有些危险吗？”

“虽然可能会有危险，但毕竟是离家出走，要是不做好遇到危险的觉悟的话——”千明这么说着，目光忽然看向了芳树，心中怀着祈祷一般的感情。

“那样的话我也去，因为千明一个人去那里的话我会很担心。”虽然声音很小，但芳树说得很清楚。

“嗯，芳树君也去。”

实际上，千明就是在等芳树这句话。虽说她也担心自己一个人去歌舞伎町，但其实这件事是千明和芳树两个人的问题。要是千明话都说到这分上了，芳树还什么都不说的话——

那时候就算千明再喜欢芳树，也会再好好考虑一下了。也就是说，对千明而言，这从最开始就是算上芳树的两人计划。

另外一点就是，千明还有别的计划。要是晚上在歌舞

伎町被奇怪的男人缠上的话，那时候芳树到底会怎么行动呢？虽然是很危险的计划，但她就是想知道。

他真的会保护自己吗？千明就是想知道芳树的真心。

“那这就不是离家出走了，是私奔了，当然，‘小型’这点没变。”冬子用很欢快的声音说，目光看起来闪闪发亮。

“我也留下书信好了。”芳树小声说。

“芳树你就不用了，反正你家里也没有反对。而且要是写了糟糕的东西，芳树的父亲和我的母亲在这家店一下子碰面了的话，真是想象不出会发生什么事。”这么说着，千明又稍微思考了一下，“但是，可能正是这个时候，让两人见一下也好……但是不能只是让他们两个人见面，因为我们也要来这家店，所以叫他们一起来比较好。嗯，就这样吧，这样似乎是最好的。”

千明一个人自言自语着，忽然意识到，总是考虑着策略的自己是个惹人厌的女人也说不定。

“那个，冬子阿姨，我有一件想跟你咨询的事情。”千明用含混不清的声音说，“那个，考虑了种种后行动的我，会不会是个惹人厌的女人呢？”

冬子立刻摇了摇头。

“才没有这么回事，这对女人来说是当然的事情。因为你有对象在，这种程度是很正常的。这是无论哪个女人都会做的事情，所以不用担心，千明才不是惹人厌的女人呢。”冬子这么说着，瞥了一眼行介。

“谢谢，听您这么说我就安心了。”

像是要盖过千明那松了口气的声音一般，冬子用平静的声音说：“真厉害啊，阿行，最近年轻人的行动力。”

“是啊。”行介也简短地回答，看向千明。

“那么，你这个离家出走计划，打算什么时候实行呢？”

“可能的话就明天，明天晚上妈妈是晚班，回到家的时候是九点左右。比起很早就知道了，感觉还是这样比较好。”千明用断然的语气说。

“这样啊，我明白了，那就明天晚上。”

对点着头的行介，冬子小声说：“总觉得有些羡慕啊……”

“那个，店主和冬子小姐。”千明交互地看着两个人的脸，“你们其实是恋人吧？”千明大胆地问。

行介立刻开口说：“我们是从小学时代开始的青梅竹马。”

行介的话让冬子的眼神落回了柜台上。

大人真是不坦率啊——千明如此真切地感受到。

过了晚上十一点。

千明和芳树两人并排，从车站向着位于商店街前的咖啡屋走去，两人刚从新宿经历了小型离家出走归来。

那天，两人在傍晚五点左右相见，乘上了总武线，到新宿一共要花大约三十分钟时间。他们在大厦周围闲逛，吃了顿拉面果腹，这之后就打算跨入歌舞伎町的境内了。

“去哪里呢？”芳树问。

“要不要去游戏厅呢？”千明这么回答。

推开拥挤的人群，两人走进了有着华丽招牌的游戏中心内，开心地玩了一小时左右的游戏。

就在他们想着差不多该离开的时候，千明和芳树面前站了三个年轻男人。千明的胸口怦怦直跳，这是如她预想一般的发展了。

"小妞儿，你多大了？"一个男人说。虽然他看起来是高中生的年纪，但鼻子上穿着环，头发染成了红茶色。

"高一。"千明弄虚作假地回答。

"哇哦，高一吗，然而看起来像个中学生呢，不过算了。"另一个男人的头发则染成了绿色。

"要不要跟我们玩玩呢，做个乖孩子。你那样子看起来，还没跟男人做过吧。我们三个会好好疼爱你的，你身边这个小哥，怎么看都不太靠得住啊。"这个男人头发是黑色的，乍一看很老实似的，但不知是不是嗑了药，眼神看起来很奇怪。

"我才不想……"

虽然是她期望的发展，但脑海里想的事和实际感受完全不同。她的腿颤抖着，面部抽搐，小腹那里仿佛碰到了冰一般地冷。老实说她很害怕，而且还想去厕所。

"那走吧？"戴鼻环的男人搂住了千明的肩膀。

千明不由自主地推开了他，她的喉咙干涩而焦渴，要是没来就好了。

"已经湿润了不是吗？"眼神奇怪的男人忽然把右手伸了过来，从牛仔裤上面开始抚摸千明的股间。但千明连叫声都没有发出来，感觉声带好像被麻痹了一般。

"老老实实地让我摸，你是这么打算的吧。"男人带着讨厌的表情笑起来。

这时候变故突发。至今为止一直沉默的芳树，忽然发出一声大叫。发出喊声的同时，他朝着把手伸向千明股间的男人撞了过去。该说是运气吗，芳树的头正好撞到了男人的鼻梁。男人发出一声呻吟，当时就蹲下了身。

“千明，逃跑！”

两个男人揍向大喊的芳树，芳树则很轻易地就被揍倒在了地上。

“千明，快逃跑！”被揍倒在地，芳树却还在喊着。而后他突发奇招地一跃而起，把千明推到了店外，芳树忽然就哭了出来。

那真是非常大的声音，自然不是假哭。芳树真的是双眼流出大颗泪珠那样地哭，周围的人都惊呆了。

余光瞥见这种状况，千明快速地向外走去。出来之后隐藏在了附近店铺招牌的阴影中，还带着些许哭声的芳树随后出现了。看到他身后没有任何人在追，千明松了口气。

千明抱住抽抽搭搭哭着的芳树，两人难解难分地走进了附近的汉堡店。芳树一边流着鼻涕一边抽噎着：“对不起，让千明的那里遭遇了那样的事情。”

“没关系的，因为隔着很厚的牛仔裤，所以什么都感觉不到。”千明安慰似的说。

“虽然我想更早地做些什么的，但身体像是凝固一般动不了，真的对不起。”

“已经足够了，非常感谢你鼓起勇气保护了我。”千明是真心这么想的，十分感谢芳树。

“但是我，竟然在那种地方号啕大哭，本来应该必须要更帅气的才对。”

“才没这回事，已经很帅气了。因为芳树君采用了那样的战术，对方被吓了一大跳，所以才没有追过来。很成功呢。”

千明用了“战术”这样的词。

千明看向芳树的脸，意识到他的眼周微微发黑，那是被揍的痕迹。虽然看起来像是熊猫，但千明觉得那很帅气。

看到咖啡屋了。

千明的小肚子鼓上了劲，这之后才是真格的，绝对不能输。

“到了咖啡屋，就用店里的电话跟家中联络，让你父亲来。明白了吗，芳树君？”两人还没有手机。

推了一下写着“今日闭店”牌子下面的门，门没锁，很容易就打开了。只有柜台周围的灯开着，而柜台边，千明的母亲隆子正一脸严肃地坐着，冬子也在，行介则站在柜台里面。

“千明。”母亲马上站了起来。

如同发出了信号一般，冬子也站了起来走进了柜台中。千明在母亲身旁坐了下来，打完电话的芳树则坐在了她身边。

“为什么要做这样的事？”母亲咆哮一般地说。

“因为妈妈太自作主张了，为了让你见识我们的决心，这也是没办法的事。”千明很恭谨地回答。

“说是没办法的事——”一边说一边看向芳树的母亲，用低沉的声音说。

“那脸——你们两个是遇到什么事情了吗？”

就母亲的提问，千明将在歌舞伎町发生的事情全都老实地说了。

“竟然发生了这样的事……但是，就是因为你离家出走才会遇到这样的事。”母亲责难似的说。

“但是，芳树保护了我。虽然有些笨拙，但他牺牲自己保护了我。如果他是母亲你说的那种敷衍了事的人，我觉得是做不到这点的。”

这时候千明想，芳树的眼周留着瘀青真是太好了。所以，虽然冬子那么说了，但自己可能其实真的是个讨厌的女人，千明忽然这么想。

“这个嘛。”对千明的话，母亲只是简短地作答，再没有说别的。

“所以，请成全吧，我和芳树的事情。不要再说那种不讲理的自作主张的话了，请开心地成全我们吧。”千明大喊似的说，母亲的视线则落到了柜台上，默不作声。

“千明妈妈。”站在柜台里的冬子，温柔地开口道，“虽然我可能是多管闲事，但千明和芳树又不是说要结婚，只是作为中学生而交往，难道就不能允许吗？”

千明的妈妈抬起头来，对上了千明的视线。

“你们，是不会明白被丈夫背叛的女人的心情的，被常年一起生活的丈夫……”她发出了哽咽的声音。

“虽说如此，但千明和芳树与我们不同，他们还是孩子。这种伤感的话，用在这里……”

听了冬子的话，千明母亲的视线又一次落了下去。

“可以听我说两句吗？”这次说话的人是行介。

“把两情相悦的恋人强行分开，我觉得是不可能做到的。即便分开一段时间，应该也会马上再在一起的。人与人，男人与女人的爱这种事——”行介轻咳了一声，继续说，“我想，凭借力量是斩不断的，这是世上独一无二的东西。所以不管再怎么想以力量让他们分开，都是没用的。这里就交由他们两人的心意来处理如何呢？要交往也是两人的心意，要分开还是两人的心意。只有这点，是不容得本人之外的人介入的不是吗？”行介掰开揉碎地解释道。

“这……虽然是这样……”千明母亲自言自语般低声说，忽然看向千明和芳树。

“是啊，即使暂时分开了，应该也会马上好到一起的。即便暂时分开了……”这么说着，冬子凝视一般地看向身边行介的脸。

“虽然我也是明白这点的。”正当千明母亲发出微弱的声音时，门铃响了。

“喂，怎么了，芳树？也不回家，这个时候了还打电话叫我出来，到底出了什么事？”

这是千明第一次见到芳树的父亲，脸很普通，但个子很高，身材也不错，在昏暗的光线下看起来很帅气。

“啊，这……大家都集结在一起，今天是有什么事吗？”看到柜台那边的一张张脸，和芳发出了讶异的声音。看来这一连串的事情，他什么都没有从芳树那里听说。

“难道说，您是千明的母亲隆子小姐吗？我是芳树的父亲和芳，芳树一直受您照顾了，真是十分感谢。”他在千明母亲面前深深地鞠了个躬。

“不，那不算什么。”

看着慌忙站起身打招呼的千明母亲的脸，和芳显得十分惊讶。

“虽然早有耳闻，但您真是比传闻中还要美，真是好漂亮……啊不，第一次见面我竟然讲这些话，十分抱歉。”那语气听来不像是说谎。

忽然，千明发现母亲的双耳变得赤红。

“说起来，今天的集会是怎么回事？”和芳客气地询问。

“没什么，只是偶尔大家一起聚一下，喝喝咖啡……只是这样拉拉杂杂的聚会罢了。”千明母亲的语气一下子变了。

改变母亲的，到底是说爱不会因为力量阻止而改变的行介的话，还是芳树父亲赞美母亲的话呢？虽然没法清楚地知道，但怎么想都是后者……这么说来的话，到底……

“那我就给大家泡美味的咖啡吧，咖啡屋特制的。”耳边响起了行介的声音。

“那我也来帮忙。”冬子用欢快的声音说。

千明瞥了一眼身旁芳树的脸，像个熊猫似的……说起来，他们今天做的这件事，要是让他们成了名义上的兄妹，还可以结婚吗？

这样的想法瞬间划过千明的心口。

应该是可以的，一定会有办法的，只要两人的心意坚定的话。

这么想着，千明用手拉住了身旁芳树的手，然后握住，那力气太大了些。

四周都弥漫着咖啡的香气。

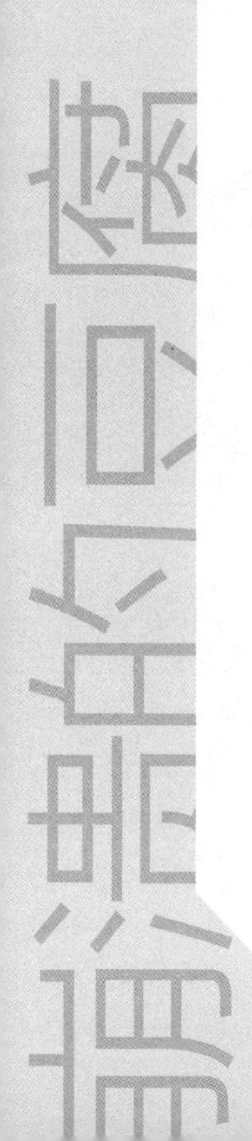

5

崩溃的豆腐

▶

寒冷的夜晚回到冷清的公寓里，会暂时站在玄关处不想上去。虽然是自己的房间，却冷清得没有暖和气，被塞进封闭的空间里会感觉很恐怖。在这世上只有自己一个人……这样的感觉，会忽然充斥体内。

看了眼时钟，已经过去两个多小时了。

终于结束了。

邦子小声地叹了口气，发出声响地坐在了店内角落里的椅子上。实在是筋疲力尽了，从夜里三点开始就一直站着工作，这也是没办法的事，但疲劳感实在是过甚了。

上年纪了吗——她脑海中不禁浮现出这样的话。

从二十三岁起，她嫁到这家小小的豆腐坊已经三十二年了，身体日渐衰弱也不是什么不可思议的事。

邦子又一次轻声叹气，鼻端深处飘荡着微弱的大豆清香。

以前觉得很喜欢的味道，最近却先是感觉烦人而后愈发觉得焦躁。不仅如此，从油炸品以及炸制炸豆腐皮的油味，到豆渣的味道都让她很恼火。

邦子对豆腐坊这项工作有了厌烦感。

“喂，起床了啊。”那是丈夫勇三的声音，邦子慢吞吞地爬起来，把店的大门关闭起来。这之后一直到下午五点，位于商店街一端的“寺西豆腐店”进入休息时间。

邦子将售卖的炸豆腐用一只手端到厨房，将燃气灶点燃，放上金属网。把双面用火灼过的菜刀将其粗枝大叶地切好，装盘码好后放到矮饭桌上。

勇三就将这个当菜就着酒喝，这之后就该是白天睡觉的时间了，但邦子不能这样。她还要买食物原料这样的东西，家务事也不能不做。

“你——”把蘸了酱油的炸豆腐放入口中的勇三，用不客气的语气对邦子说。

“最近，你看起来十分疲劳啊。”勇三出声地喝着酒。

“因为总是站着工作吧。”

勇三盯着邦子看。“所以，怎么了吗？”他低声问。

“果然，我想差不多是时机了吧。”邦子发出沙哑的声音。

“时机？到底是什么的时机？”勇三依旧盯着邦子。

“这个嘛……”邦子一瞬间言语含糊了起来。

“这之前我就提过很多次的，关于这个生意。”邦子用干脆的口吻说。

本来，勇三就该知道自己要说什么的，却瞪着自己看，说话还不干不脆的。邦子内心的怒火膨胀着。

“我还可以的。”

“那是因为你是男人所以可能还行，但我是女人，可没法像你们男人那样。”

“以前总说，身体方面，女人比男人要更结实。证据就是比起男人，女人更加长寿不是吗？”

勇三的视线从邦子脸上移开，将酒盅倒满了。

像反驳似的邦子说：“别干了，怎么样？”

勇三的目光看向杯子，发出低沉的声音。

“我觉得差不多可以悠闲地生活了吧。”抓住这个好机会，邦子干脆探出身去说。

“悠闲地，那生活来源怎么办？”

“等到明年，你不就到了可以领退休金的年纪了吗？”

勇三跟邦子相差九岁，今年六十四岁了。

“说是退休金，也不过微不足道，不是什么大数目，你也很清楚不是吗？”勇三很不满地说。

“这我当然知道，我也没打算就靠那个生活，不是多少还有些积蓄吗？一旦有个万一，我也有出去打工或是干点

别的的准备，而且——”邦子又向前进了一些，“应该能从去外面生活的两个孩子那里，获取一些援助的。”

两人有一个三十岁和一个二十五岁的儿子，老大大学毕业后在家电制造公司就业，然后直接搬出了家门一个人生活。老二从工业高中毕业后，到了汽车修理工厂工作，虽然在家住了三年，但后来说想要独自生活就搬到公寓居住了。

“怎么能依靠孩子们呢，他们也有他们的生活。要我说的话，除非是你死了，不然的话我不会给他们增加负担的。”勇三用干脆的口吻说。

“虽然是这样，但如果我们没了工作的话，也不能说就不用支援，稍微支援一下的话……”邦子抗议似的说。

“所以说，继续工作不就好了吗？这很简单吧。”勇三的视线依然落在酒杯上说。

“对我而言可不是那么简单，你稍微想远一些吧。”邦子不由得加大了声音。

“客人怎么办？等着寺西豆腐店手工豆腐的客人怎么办？你想过这些吗？”勇三用平静的语气说，将杯中的酒一饮而尽。

“客人……”邦子一瞬间支吾了。

“店没了的话就没了，他们会去超市或别的什么地方买没关系的。可能暂时会觉得很困扰，但马上就会释怀的。”邦子大喊着说。

“不就是因为吃腻了超市的豆腐，才特意来买我家的豆腐吗？这对客人来说，也太不负责任了不是吗？”

“其实是便宜的超市货更好，但碍于邻里间的情谊所以才买的不是吗？”邦子喋喋不休地说。

这一方面也确实是事实，这条商店街，的确还残留着那种风俗。

“这种事，你……”勇三的表情微微扭曲了。

“证据就是，店铺的销售额年年都在递减不是吗？已经做不到这点的人，早就转去超市买便宜的豆腐了，这你不是也知道吗？”邦子很得意似的说。

“而且……”勇三小声地说了一句，沉默地将杯子凑到嘴边。

“总而言之，就是你厌恶了豆腐坊的生意，就是这样吧？”停顿了一会儿，勇三用沙哑的声音说。

“不是这么回事。我觉得这么下去，自己的身体会支撑不住的。那样的话，眼见着就该给你和孩子添麻烦了。”

虽然邦子如此辩解，但其实她的真心正如勇三所说的那样，一旦心生厌烦，就会感觉极端疲劳。

勇三将杯子放在了矮饭桌上。

“睡吧。”只说了这一句，勇三拉过身旁的毛毯从脑袋盖到脚，团了起来。

邦子深深地叹了口气，视线落到了她放在膝盖上的双手。常年从事和水有关的工作，那双手变得红肿，到处都起了皲裂。虽然经营豆腐坊，这也是没办法的事，但难改这是一双丑陋的手的事实。

购物归来，无意之中“咖啡屋”的招牌闯进了视线。

邦子停下了脚步，忽然想着要不要进去。虽然不知道是为什么，但被这样的冲动驱使着。邦子推开了那扇老旧

的木门。

店内只有一对客人，中年男女坐在靠窗的位子上悠闲地喝着咖啡。邦子交互地看向桌席和柜台席，然后转向了左边的柜台席。

把购物篮放在了侧面的圆椅子上，邦子挪动着身体坐在了旁边的椅子上。

“欢迎光临，要点什么？”头顶传来了低沉的声音。

“啊，那个，白兰地咖啡。”她慌忙着抬起头来回答，一个高个子男人正对着邦子微笑。这就是宗田行介，大概十年前，杀死了做过黑社会的开发商，被送到岐阜监狱服刑。

“您是寺西先生的夫人吧，真少见呢，您会一个人来这里。”行介用很自然的声音说。

确实很少见。虽然行介父亲还在的时候，她也和谁一起来过几次，但行介继承这里之后，她还是第一次来。

“发生了什么好事吗？”行介用火点燃了酒精灯，一边架设着咖啡壶一边说。

“没什么好事。到了这个年纪，每天都过得很平淡，好事一件也没有啊。只是冬天快到了，忽然感到寒冷，我就想着喝一杯暖暖的咖啡也好。”

邦子虽然一口气回答完了，但不知为何内心深处涌出一阵后悔的感觉。

正如行介所说的，确实发生了好事。虽然对别人来说或许是无关紧要的事情，但对邦子而言，那绝对是好事。虽然不是什么大不了的事，但对她而言，那果然是件好事。

大概是一个月前，到了傍晚，店铺里除了豆腐和炸豆腐，还要贩卖刚做好的豆渣可乐饼。既然做豆腐就一定会有豆渣，是邦子提议做成可乐饼贩卖这个主意的。

规整的椭圆形外壳里面，放上炸豆腐团用的胡萝卜、香菇、羊栖菜等，再加上牛肉馅在店前一炸，热乎乎的可乐饼就简单地做好了。

是大概十年前开始做的，获得了健康又美味的评价，现在成了寺西豆腐店的招牌商品。不用说，无论是准备食材还是在店前炸制，都是邦子的工作。

而下野是其中一个常客。两个月前左右，下野一周来店里几次，一定会买四个豆渣可乐饼。他的年纪和邦子差不多，穿宽松夹克的时候居多，眉目清秀，长得很俊。

那次是下野主动找邦子搭话的。

“每天都很辛苦啊，不会醉油[1]吗？”下野微笑着搭话。

“啊，不会。这是工作，每天都做，这种事没什么的。”邦子慌慌张张地回答。

年轻的时候尚且不论，中年之后被异性搭话的事情还没有过。虽然邦子也知道这不过是日常聊天而已，但心情还是明朗了很多。

作为契机，一边炸着可乐饼一边和下野的聊天就此开始。虽说如此，也不过是两三句话罢了，绝不会多聊。后面还有排队的客人，况且勇三也在。

“你夫人吃一半吗？”邦子若无其事地如此询问下野，是在勇三出去的时候。

1 醉油综合征：是指厨师或者家庭主厨长期做饭时接触到大量的油烟，从而导致肥胖，出现头痛、胸闷、眼痒、耳鸣等症状，同时引发喉炎、咽炎、气管炎、支气管炎、肺炎、肺气肿、肺心病等多种疾病，严重者会导致癌症。

“我一个人生活，没有老婆，倒不如说是老婆逃跑了。所以我是两个当晚饭吃，剩下的两个一个做明天的早饭，另一个做便当吃。”

下野虽然不过是平淡地回答，邦子的内心却起了骚动。冷静考虑一下的话，只是一个不知什么理由老婆跑了的男人，当作副食来买可乐饼，仅此而已，但是如果用透过现象看本质的眼光来看的话……

交谈中，邦子听说了男人名叫下野透，就住在附近的公寓里。因为工作的公司破产了，他现在的工作是超市停车场引导员……还想询问他是因为什么理由而和夫人分手的时候，却因为勇三的归来而作罢。

邦子跟勇三提出想不再干豆腐坊，也是那时候的事。

“很烫，请小心。”行介的声音让邦子猛地回过神，她面前已经摆了一杯热气腾腾的咖啡。

“啊，十分感谢，我开动了。”

她两手轻轻地捧起杯子，慢慢地凑到嘴边。虽然如行介所说的一样烫，却又有一股让人安心的味道。舌尖轻尝一口，而后饮入喉咙深处。

“这之后天就要冷了，对豆腐店来说真是很难啊。”

确实是这样。夏天还好，到了冬天做豆腐可以用“忍耐”一言以蔽之，就算说是残酷也不为过。

“早上到底要几点起呢？”行介直率地问。

“不知道说早上合不合适——两点半就要起来作业了，不那样的话，就赶不上早上的买卖了。”邦子用很普通的语气回答。

“两点半吗——那不是早上，果然还是说深夜比较合适。”行介发出了震惊的声音。

“确认一下前一天泡好的大豆是不是膨胀了，然后将其捣碎再煮。大豆浸泡的时间，夏天是八小时，冬天的话则要二十小时，完全不同，这点不能疏忽，春秋的话则是大概取中间时间。”邦子一口气说道。

“然后把豆子倒进袋子里榨出豆乳，加入卤水使其凝固，而卤水的量也有微妙的区别。根据季节而变化是自然的，再根据那天的天气、温度、湿度也会有所不同。这种斟酌实在是……”邦子一个人深深地点头。

她忽然抬起头来，发现行介的目光带着笑。

“对不起，我一个人在这儿喋喋不休的。但是，简单来说，豆腐就是这么做成的。”邦子如是说，“说得太笼统了，这样的话根本什么都没说清楚呢。”她的耳朵不禁通红。

“那个，加卤水是由夫人来做的吗？”行介用平静的语气问。

“不是的，这种事我是不行的。那是我丈夫的工作，我是不可能办得到的。”邦子慌忙摇头。

实际上，在嫁过来第五年的时候，勇三这么问过她：“你要不要挑战一下加卤水呢？”但邦子当时就谢绝了，一方面她觉得自己肯定学不会，一方面又觉得万一要是学会了会被勇三讨厌，夫妇关系也会变差。这之上就是女人不能踏足的领域了——手艺人的世界里确实存在这种事，这是邦子考虑后得出的结果。而现在——

“您真的很热爱呢。”行介忽然如此说。

“欸？”

“我越来越感觉，夫人您真的很喜欢做豆腐呢。”

喜欢做豆腐——想关掉豆腐店的自己吗？邦子虽然一瞬间哑然失声，但还是说："但是冬天真是地狱啊。"她夸张地说，露出些许笑容。然而，想了想自己为什么那么着迷地向行介喋喋不休地介绍豆腐制作的方法，邦子就笑不出来了。

"而且不自由。深夜就要起来做豆腐，早上一直到中午都要贩卖，然后到傍晚要开店炸可乐饼，这之后还要收拾店铺，再之后就该睡觉了。自由时间只有这个时间段的这个空当，就这样还是做完家务之后仅剩的一点时间……"邦子好似入迷一般地说。

"这……"就在行介开口时，门铃响了。

"这不是寺西先生的夫人吗？"

身后传来了声音，那是听起来很让人怀念的声音。

她慢慢回头，一如既往穿着宽松夹克的下野正站着。邦子的心脏怦怦跳，没想到，竟然会在这里见到下野。

"老板，白兰地咖啡，谢谢。"下野用悠然的口吻说。

"怎么样，夫人，一起说说话吗？请让我听听您做豆腐的辛苦话吧。"下野一脸笑容地说。

"啊，好的。"这意外的发展让邦子发出了不知所措的声音。

"可以的。就算换了座位，我也可以把夫人的咖啡和下野先生的咖啡一起端过去的。"

行介知道他的名字，看来下野是这家店的常客。

"谢谢，那我就恭敬不如从命了。"

邦子发出愉悦的声音，向下野坐的角落位子走去。她的胸口怦怦直跳，喉咙干渴。

"失礼了。"邦子礼貌地低下头，轻轻坐在了下野对面的座位上。

"不，我这边才是。不过，在这家店能碰到夫人，真的只能说是幸运了。"

下野说了"幸运"，邦子的胸口又开始躁动起来。

"啊，不，我这边才是。"她说出了这样莫名其妙的话。

"下野先生经常来这家店？"邦子询问了很在意的问题。

"倒也不是经常，只是不时来享受咖啡。不管怎么说，因为生活潦倒，是不可能频繁出入闹市的。换言之，这可能是我唯一奢侈的东西。"

唯一奢侈的东西是咖啡屋的咖啡。

邦子内心深处感到一阵清爽，不管是这率直的口吻，还是这言辞选择，都可从中窥见下野的人品。

"夫人你也时常来这儿吗？"

"我连下野先生那种唯一的奢侈都算不上——从开店以来，我这还是第一次来。"邦子很开心自己能说出这般从容的话来。自己也是经历过风浪才活到今天的，绝不再是小姑娘了，这种程度就心怦怦跳可不行。

"男人一个人生活，很辛苦吧？"她询问道。

"已经十年了。做饭、洗衣服和扫除都习惯了，虽然不觉得十分辛苦，但是——"下野稍微沉默了一会儿。

"但是很寂寞，想死一般的寂寞。寒冷的夜晚回到冷清的公寓里，会暂时站在玄关处不想上去。虽然是自己的房间，却冷清得没有暖和气，被塞进封闭的空间里会感觉很恐怖。在这世上只有自己一个人……这样的感觉，会忽然充斥体内。虽然这么说就像个孩子一样，但这是我最真实

的感受。”下野垂下肩膀说。

“世界上就只有自己一个人吗？虽然我还没有过这么寂寞的体验，但真是很难过啊，这感觉。”邦子只能说出这样的话来。

不过，那个一直看起来总是很开朗的下野竟然有这样一面，真是很意外。这个时候行介把咖啡端了过来。他熟练地把邦子的咖啡杯摆到桌上，里面的褐色液体冒着热气，散发出香气。

“那个，这是？”

“我重新泡了一杯。这是赠给时间不自由的夫人您的，请不要在意。虽然是很短的时间，也希望您至少能喝上美味的咖啡愉快地度过。”行介轻轻点着头说。

“十分感谢。”顺从地低下头，邦子的眼中忽然看到了什么，那是咖啡杯旁行介的右手手掌。

虽然不清楚为什么，但那是烧伤。颜色已经变成红黑，到处都是小结痂状的隆起，已经到了不忍入目的程度。

“这是杀过人的人的手。”邦子在内心深处默念着，似乎终于知道了自己来这里的理由——为了看到这个。无意识地，她想看杀过人的人的手，一定是这样没错。

这么说来，邦子心中响起一个声音，自己不是不想再干豆腐坊了，而是想和勇三分手。然后，可能无意识间，想要杀了勇三。想到这里邦子微微摇了摇头，不管怎么说这也太过了。

“怎么了，夫人？”下野担心的声音传入耳中。

邦子抬起头来，下野和行介四只眼睛正凝视着她的脸。

“喂，你今天心情很好吗？”在炸着可乐饼的邦子身后，勇三出声说。

“欸，没有这回事，我觉得跟往常一样啊。”虽然她绷着脸回答，但心情很好是事实。不管怎么说，就在不久前她才和下野在咖啡屋会面了，那股余韵还回荡在邦子体内。

“但是你刚才用鼻子哼起歌来了。”

“我用鼻子哼歌了吗？那是你的错觉，我不过是在自言自语罢了。不知今天是不是因为气温下降，油的温度调节起来很困难。”她似乎很巧妙地糊弄过去了。

“是呢，确实转冷了。到了这个程度，卤水的量很难掌握了。”勇三自言自语似的说。

“对了，你要不要挑战一下加卤水的方法。能做到这点的话，就是个了不起的豆腐手艺人了，虽然我以前劝你的时候你拒绝了——不过老实说，那时候我还自以为是地觉得女人不行呢。”勇三说出了让人意想不到的话。

“哼，你果然是那么想的啊。那我也说实话，我觉得要是我学会了做豆腐的手法的话，你马上会觉得心情不好，我确实有过这种想法。”邦子不禁说了真心话。

这可能是心情好的附加效果吧。

“虽然是可能会这样……”勇三小声说。

“我们都上年纪了，现在的话不会这么感觉了。你不要直接说不行，好好考虑一下吧。”勇三只说了这些就回店内去了。

“卤水吗？”虽然自言自语般地说了这一句，但邦子现在的脑海中没有豆腐的影子，只有下野的脸。到底今天，下野会不会来买可乐饼呢？来的话会跟自己说什么呢？真

开心啊，好像回到学生时代一般心口怦怦直跳。

那之后在咖啡屋，邦子问了下野很隐私的问题，她最想知道的问题——“为什么会和夫人分手呢？当然，这可能很难回答，但可以的话请告诉我。”邦子直视着下野的脸。

那俊朗的面容微微扭曲了一下。

“我想您可能知道，是因为裁员。”下野说。

下野在位于市中心的食品制造公司的营业部门工作，那时候的职务是销售部的主管，然后忽然变成了裁员的对象。虽然这对比起家庭更优先考虑工作的下野来说是个打击，但他没有反抗公司。

过了三个月的宽限期，下野被公司轻描淡写地赶了出去。虽然增加了退职金，但哪儿也不会雇佣人到中年的下野，下野和他的家人都走投无路了。下野有一个上中学二年级的儿子，这之后还有高中和大学这样等着用钱的时期。

下野的妻子就说了这样的话：“你不顾家庭，每天都一心扑在公司上，到头来却是这么个结果。要我说的话，到现在这个地步，就是神明对你任性、自私生活给予的惩罚。”

这么说着，下野的妻子拿出了一张纸，是离婚协议书。

“从今天开始，我们和你就是路人了。当然，退职金全部都支付给我和孩子，即便这样我觉得也不足以惩罚你。”虽然语气很淡，但妻子是吊着眼梢瞪着下野说的。

下野的背后一阵发冷，至今为止的妻子已然不再了，在自己面前的完全是个不认识的女人。

下野按照妻子说的，在离婚协议书上盖了章，就穿着身上的一身衣服离开了一家三口生活的公寓，那是放弃了一切破罐子破摔的感觉。而后他便开始辗转于各处打工，回过神来的时候已经这么过了十年，下野如是说。

“夫人说了那样的话吗？”邦子只是如此问。

“那时候妻子的脸简直不是人类的脸，那是，”下野吞了一口口水，“那是鬼的脸，现在我也忘不掉那张脸。”他的肩膀垮了下来。

“鬼的脸……”邦子念叨着。

“您遭受了很难过的经历呢。”邦子尽量用温柔的声音说。

“那之后我一次都没见过妻子，妻子的脸到底是什么样的呢……我的脑海中留下的，只有那张鬼脸。”这么说着的下野，忽然用力敲了下膝盖。

“别说这么痛苦的事情了，说说更开心的事吧。对了，能不能教我做豆腐的方法，专业的做豆腐的方法？”下野特意用明快的声音说。

对啊，豆腐的制作方法。自己并不是想对行介说豆腐的制作方法，其实是想让下野听。但在那之前——

“不好意思，我稍微失礼一下。”邦子如此拒绝后走向了洗手间。

洗脸台的镜子中映照着她的脸，白发在一周前刚染过所以没问题，她用手掌仔细地将蓬乱的部分整理好形状。问题在于脸，邦子没有带化妆用的工具。

她盯着镜中自己的脸看。

柔和的圆脸确实让她比实际年纪看起来显年轻，大眼睛双眼皮，窄小的下巴是自己这张脸的特长。因为什么都没有，邦子就用食指整理着眉形，轻抚了抚眼睛。轻咬了几次嘴唇，看起来有了些血色。

然后就是表情了，邦子对着镜子微微笑了起来。就是这张脸，自己看起来最可爱的样子。弄错了的话就会变成鬼的表情——邦子也很清楚女人生气的时候会变成鬼脸。把那个表情收起来，带着若有若无的笑容的话……

邦子几次对着镜子微笑，这样就没问题了。

再一次确认了镜中自己的脸，邦子急忙回到了座席。

“不知为什么觉得您变了呢。怎么说呢，虽然这么说有些失礼，但似乎变可爱了。”下野用若无其事的口吻，眯起眼睛来说。邦子感觉心情很好。

“没有这回事啦。我今天没带化妆道具，只有购物袋而已。”邦子微笑着说。

“啊，是这样啊。那是邦子小姐本来就很可爱，是这个原因吧。”这是下野第一次称呼她为邦子小姐。

邦子内心忽然猛跳了一下。

这之后邦子比给行介讲时更详细地告诉了下野豆腐制作的方法，然后又向下野传达了自己基本没有自由这件事。

“我还真不知道您的时间这么少，做豆腐真是辛苦啊。”下野这么说着的时候，这宝贵的自由时间也就要结束了。再逗留的话，就赶不上五点开店的时间了，不得不回去了。

邦子一边炸着豆渣可乐饼，一边注视着马路。要来的话就快了，距离关店时间还有不到十分钟。

来了，看到下野脚步匆忙地横跨马路向这边来了，邦子的脸上自然地露出了微笑。但是，下野的表情不知为何很严肃，一直以来那种明朗的笑脸不见了。

下野站在了邦子面前。

“请给我四个可乐饼。”他用好像生气一般的表情说。

“后天的同一时间，请到咖啡屋来，我有重要的话要说。”下野只说了这些，就缄口不言了。

推开木门，安装在上面的铃铛发出了轻响。

邦子战战兢兢地向店内看，不用说，下野还没来，距离约定时间还有一个多小时。

“欢迎光临。”

行介注以目礼，邦子则走向里面的座位，坐在了前几天和下野两个人谈话的那个座席。这里的话，在柜台那儿的行介是看不见的。

“难道说，是在等下野先生吗？”行介在桌上放下装水的杯子，将托盘收在手中看向邦子。

“啊，嗯，是这样的。因为下野先生说还想要听关于做豆腐的事情，所以……”

邦子用憋闷的声音道出了下野的名字，就算笨拙地掩饰，再过一会儿本人现身就会被知晓了，所以藏着也没用。

“做豆腐的事情吗，那又能愉快地度过一段时间了。说起来，您要点什么？”

“白兰地咖啡，谢谢。”

对着心神稍稍稳定下来的邦子，行介轻轻点了下头，转身露出了硕大的后背。盯着他的背影，邦子松了口气，深深地叹息一声。

邦子会这么早造访咖啡屋是有原因的，她想在和下野再次会面前好好地整理下思绪，但有勇三在的家，她怎么也不能踏实下来思考，感觉咖啡屋是最合适的场所了。

下野说过他要讲很重要的话。

自己和下野之间重要的话，能想到就只有一个。因为邦子和下野是同龄人，一定是男女之间的事，不管怎么想结论都只有这个。也就是说，自己不是为了整理思绪才早到的，而是想先享受这种心跳的感觉才到这儿来的……

“让您久等了。”正在想着这种事情的时候，头顶就传来了声音，行介将咖啡端了过来。

将咖啡放在桌上的行介的右手有着丑陋的烧伤，邦子一直都很在意，非常想知道原因。

“那个，那只右手？”不由自主地，她问道。同时，她将放在膝盖上的自己那粗糙的双手也轻轻隐藏在了桌子下。

“这个吗？”行介一直盯着自己的右手看。

“这是做了坏事的人所得的报应。”他只是这么说。

“报应？”邦子发出惊讶的声音。

“做了坏事的人的手，不这样就不行。换言之，这是我应付出的代价。”行介淡淡地回答。

这么说的话，那个烧伤是行介自己所为吗？比如说把手放在什么的火上烧……她感觉即便这么想也不奇怪。

“虽然夫人觉得自己的手很丑，但我认为不是的。”行介的视线瞥了下桌子下面。

“我的手是报应，但夫人的手是勋章，绝不是应该藏起来的东西，我认为那是可以堂堂正正给人看的。”行介这么说着，微微笑了起来。

“很烫，请小心，祝您度过一段愉快的时光。”然后他就低下头离开了。

行介的右手是报应，而自己的手是勋章——邦子抽出手来盯着瞧，皮肤皲裂，又红又肿，像男人一般的手。

“就算再怎么说是勋章，还是改变不了丑陋的事实，不是吗？”邦子自言自语般地说着，伸手去拿咖啡杯，慢慢地喝着。虽然不知道为什么，但这美味的咖啡，今天喝来索然无味。

下野是在邦子的咖啡喝了一半的时候露面的，比约定的时间还早十五分钟左右，这让邦子很开心。

“白兰地咖啡，拜托了。”下野这么对柜台说完，径直走向了邦子所在的位子，很快地点了一下头。

“对不起，虽然是我约的您，我自己却来晚了。”他不急不缓地坐在了邦子前面。

“感觉您今天特别漂亮呢。”下野的眼睛眯了起来。

邦子的心口怦怦直跳，感觉身体变热了。从家出来之前，她精心地化了妆。

虽说如此，在勇三跟前，她也不能和平时差别太大，只能算是化了个淡妆。即便如此，她也一条一条地打理了细纹，邦子装扮了自己的脸。如此认真地对着镜子是多久以前的事情了？回过神来的时候，镜前站了一个女人，映照在镜中的确实是张女人的脸。不知不觉中，她意识到自己绽开了笑容。

“这么说起来的话，下野先生你也看起来很利落呢。”被褒奖后不知为何有了自信，邦子很自然地说。

“实际上，昨天我去理发了。”下野用很不好意思的表情说。他今天的衣着不是宽松夹克，而是西服。

“说重要的话，穿宽松夹克感觉实在太失礼了。”下野这么说完就缄口了。

行介用托盘载来了冒着热气的咖啡，在下野面前熟练地将装了水的玻璃杯和咖啡杯放好。

“两位像是相亲一般呢。”只这么说完，行介就转过身离去了。

相亲……邦子想，可能确实如此。虽然穿着很朴素，但两人是郑重其事地面对面坐着。邦子想起了镜子中映照出的自己的脸来，那是真真正正、郑重其事的面孔。

下野稍微喝了口端来的咖啡，看起来似乎是在犹豫到底该如何开口。

大约十分钟之后，下野才开口道：“邦子小姐，你现在幸福吗？”他的声音很沙哑。

“欸？！”突然被这么问，邦子一下没词了。

“前几天，我听邦子小姐你说了做豆腐的方法。邦子小姐很详细地，不，应该说是过于认真地跟我讲了那些。在我听来，感觉你简直就像是憎恨做豆腐一般，虽然这可能有点过于臆测了。”

“这……”

“还有就是，邦子小姐你说了自己从早到晚都在工作，几乎就没有自己的时间。听到这话的时候，我内心深处涌出了一个不得了的想法。”

“不得了的想法？”邦子自言自语似的说。

“是的，不得了的想法，简直，就可以说是不自量力的妄想。但是，这个妄想怎么也无法从我心中抹去。”下野凝视着邦子的脸。

"我喜欢邦子小姐。"他说出了邦子期待的话。

这是邦子预想到的。邦子体内不知什么躁动了起来，是不知何时已经忘却了的鲜活的东西——那令人怀念的，如火一般灼热的东西。那东西还在，一丝一毫也没有丢失。

"虽然我是两个月前开始买豆渣可乐饼的，但我从很久之前就开始关注邦子小姐了。就是因为关注，我才会在店前排队的。我从第一眼见到邦子小姐的时候，似乎就喜欢上了，说出来你可能都不信。"下野一口气说完，好像不一口气说完，这话就会不知溜到哪儿去似的。

"你——"邦子发出激动的声音，"你喜欢我是吗？"

"我觉得一个人喜欢另一个人，是不需要理由的。实在是没有别的解释了，非要说的话，我喜欢你的容姿，就是这么回事。"

"我这种年纪的……"邦子用沙哑的声音说。

"我也和邦子小姐同岁，是个堂堂的中年人。而且我觉得，喜欢一个人和年龄没有关系。"下野暂时停顿了一下，"若照实说的话，我以前也说过自己感觉很孤独，邦子小姐恰好堵住了我孤独感的空洞，恰到好处地堵住了。虽然这么说可能太自以为是了，但就是这样的感觉。"

看着露出很不好意思表情的下野的脸，邦子心中反复骚动着，坦率说她很开心。到了这个年纪，实在没想到还能听到这种话。而且，下野的表情满溢着诚恳，感觉他的话中没有掺杂着假话或恭维。

"我也，"邦子盯着桌子开口道，"我也喜欢下野先生。"

说出口的瞬间，邦子感觉小腹那里划过一阵热流，那是种黏稠的感觉，以小腹为中心向四方扩散。

“我，我……”下野用呻吟般的声音说，“说句更自以为是的话，我想要和邦子小姐一起生活。当然，对一个连正经工作都没有的半吊子来说，我知道其实不该讲这种话，即便如此我也想和邦子小姐一起生活，在一起。实在是抱歉，我竟说这种自以为是的话。”

下野的嘴唇紧紧地闭上了。

邦子的心被异样的震惊感包围了。

所谓一起生活——就是要自己离开家和下野在一起，抛弃勇三和豆腐坊。这就是问她要不要抛弃一切和他在一起的意思。

邦子的身体微微颤抖了。

“就是要我……”她好不容易才发出声音。

“是的，这是我对邦子小姐发出的求婚。”下野用坚定的语气说。

“十分感谢。”不由自主地，邦子回以了礼貌的话。

“虽然我是个微不足道的派遣员工，但夫妇两人过不算奢侈的生活也足够了。”

下野说了“夫妇”这样的词。

“当然，和在商店街开店的邦子小姐是没法比的，即使这样我也……”下野用微弱的声音说。

“才没有这回事。街上小豆腐坊的储蓄什么的，根本就没多少，维持我们夫妇两人吃饭就已经是勉勉强强了。”这是邦子的真心话。虽然过度劳动，但是储蓄很少也是事实。

“这样的话，不如……”下野高声道。

邦子无意识间伸出手去抓住了咖啡杯。喉咙实在渴得不行，她喝了一口冷掉的咖啡，轻叹了口气，将咖啡杯放回碟子上时，她的手就被握住了——那双粗糙的，丑陋的手。

“虽然邦子小姐说过觉得这双手很粗糙感到羞耻，但至少我，有自信让这双粗糙的手恢复美丽，恢复成邦子小姐本来的手。”

行介说这丑陋的手是勋章，下野却说是粗糙的。勋章的话就没有恢复本来的必要了，但粗糙的手的话——

握着邦子右手的下野双手用上了力气，邦子感觉体内像有电流通过一般。手被人如此握住是多久之前的事情了呢？她在心中寻找着答案，却没有想起来。

两人之间的时间停住了。

邦子的右手就这么被下野握住，凝固了一般动弹不得，她感觉到幸福。

那以后不知过了多长时间。

“邦子小姐，求你了，这也是救了我。”下野用啜泣似的声音说。

“啊，好的。”回过神来的邦子虽然发出了声音，但就算她再怎么对现状不满，不讨厌下野，也不能如此简单地就答应。

邦子的脑海中浮现出丈夫勇三的脸，要是提出分手的话，勇三……感觉他不会轻易地点头。可能会被大骂或被殴打，甚至被打个半死吧。

“邦子小姐……”下野催促道。

“请稍微等等，我不可能这么简单就给你答复的。”邦子用沙哑的声音说。

“当然了，不可能这么轻易就答复的，我会一直等的。

在邦子小姐给出我答复之前，一直等。”

“谢谢。”

这时候，邦子体内有什么东西脱轨了，她感觉自己真切地听到了那个声音。

“就算一直考虑的话，也可能拿不出答复。这样就会一直拖延下去，我觉得会这样，所以……”

邦子笔直地盯着下野的脸。

邦子恰好能够填进下野那孤独感的空洞中，对自己而言，下野则是正好能填进自己想要关店那份心情的空洞中。

“请说一个截止期限吧。”邦子用大喊一般的声音说，她感觉不规定一个日期自己就没法给出答复。

下野也笔直地回看着邦子的脸。

“那，就两周内吧——太短了些吗？”

“不，无论长短，我觉得是一样的。这就足够了，我会在这段时间内好好考虑后得出结论的。”邦子用冷静的声音说。

“那，就两周后的同一时间。”

“好的，虽然我实在没法确定到底会是什么结果。”邦子轻轻点头，右手还被下野的双手握着，那是双温暖的手。

“喂，你啊，最近是出了什么事吗？不管干什么，都是心不在焉的样子。”勇三用斥责的口吻大声说。

那是在午休时间，勇三喝了一两酒，正躺下的时候说。

“才没有这回事，我一直都在好好干活儿。”

骗人的，不可能好好干活儿的，和下野约定的日子还剩四天了。这之间，邦子虽然深入地思考过了，但依旧没有得出结论。

已经有三十二年的历史了。

就算再怎么不想开豆腐店，再怎么不讨厌下野，三十二年也是漫长而沉重的岁月，是不可能那么简单就丢开的，老实说，邦子也是走投无路了。

“好好干活儿了吗……我是没看出来啊，你有什么烦恼吗？”勇三的声音听来无忧无虑的。

“是有烦恼啊，我在犹豫要不要跟你分手。”

虽然想这么说来着，但当然，没能说出口。邦子不由得有些生气地看向勇三，后者已经响起了微微的鼾声。

这种时候就该——

邦子推开了咖啡屋的门。

“哎呀，欢迎光临。”

邦子对行介的招呼轻轻颔首，环视了一下店内。虽然有五个左右的客人在，但万幸没有下野的身影。邦子走向柜台前，坐在了圆椅子上。

“白兰地咖啡，谢谢。”邦子的话音刚落，行介的手就动作着架设起咖啡壶，用那丑陋的有着烧伤痕迹的右手。他用那只手将酒精灯点燃了。

“啊。”邦子内心深处响起了这个声音，她感觉自己似乎明白行介的烧伤是被什么弄的了。

“酒精灯，也有很多种用法呢。”她低声说。

“这世上，不如意事十有八九。”像是随口一说似的，行介随即沉默了。

“很烫，请小心。”

过了一会儿，邦子面前轻放了一杯冒着热气的咖啡。邦子说着“我开动了”，刚喝了一口，行介就开口了。

“夫人您有什么烦恼吗？”

是一如既往温柔的声音。

“能看出来吗？”

“总觉得有些那种感觉。”

听了行介的话，邦子忽然觉得他也许是从前几天自己和下野交谈的样子中感受到了什么。虽说如此，但手被握住的时候，应该被下野的身体遮挡着看不到才对。

“因为不管怎么思考都得不出答案，老实说感觉很困扰。这种时候，如果是宗田先生的话会怎么办呢？”邦子用认真的表情看着行介。

“我的话——”行介望向上空，“如果自己得不出答案的话，感觉就只好找谁谈谈了吧。”他用很干脆的口吻说。

“所谓谁，是指宗田先生吗？我可以和你谈谈吗？宗田先生你的口风紧吗？”邦子一口气问。

“就算和我谈，也得不出好答案来吧。因为我对这种事情完全不在行，感觉什么忙都帮不上啊。”行介给出了意外的回答。

“如果不是宗田先生的话，那是谁呢？”

“还是该找最了解夫人您的人不是吗？和您丈夫商量应该是最好的了。”

能说出这么离题的话来，行介果然看到下野的样子、察觉到了谈话的内容，一定是这样没错，邦子这么想。

“和丈夫谈的话，我感到有点难为情，所以才困扰的……”这么说着，邦子的脑海中有什么东西忽然一闪。

对了，还有这个办法。

“对啊，烦恼的事情可能是和亲近的人商量最好了。就干脆地，找我丈夫谈吧。”

听到邦子这么说的瞬间，行介的脸上露出了笑容。

“这样就好了，最好了。不，该说就安心了。”行介用松了口气的声音说。

“因为酒精灯，也有很多种使用方法呢。”邦子轻轻点头，伸手去拿那依旧冒着热气的咖啡。

那个晚上，在就寝之前，邦子对勇三这么说：“以前也提过的，关掉店铺的事情，我希望你能再认真地考虑一下。”

“关掉店铺的事，不是已经得出结论了吗？”勇三看起来一脸惊讶。

“因为那时候不是认真地，这次我希望你能认真地考虑下，也好好地考虑一下我。”

“考虑你是怎么回事？我不明白你想说什么。”勇三的话让邦子咽了一口口水。

“也就是说，”邦子稍微喘了口气，“要是继续开豆腐店的话，我就离开这里，不干了的话，我就留下……就是这么回事。”她一口气说了出来。如果不一口气的话，感觉就说不出来。

原本就是以关闭豆腐店为开端的话题，而这也是让勇三下决定最简单的办法。如果无论怎么考虑都解决不了问题的话，邦子觉得就只有这个办法了。

这可能是个狡猾而任性的办法，但想要得出结论的话，感觉委托给当事人勇三来决定是最合适的了。要是勇三说关店的话就最好了，要是他始终坚持要开店的话，自己就下定决心到下野那去。邦子就赌在勇三的回答上了。

“这……”勇三发出激动的声音。

“当然，不用现在告诉我也行。我会等到后天晚上的，那时候请再给我答复吧。”邦子用和缓的语气说。

“不关店的话，你真的打算离开吗？”勇三的声音很惊愕。

“是这个打算。既没有骗人，也不是开玩笑，你就按字面理解就可以。因为我已经下定决心了。”邦子从被子中半坐起来，盯着勇三说。

“那么，”勇三呻吟似的出声，“后天就是期限吗，不能再延长了吗？”他轻声问。

“对，到后天，这种事就算再怎么延长时间都是一样的。期限就是后天，这点是不会改变的。”那之后的一天就不得不给下野答复了，不能延长期限了。

“我知道了，你的心情我完全理解了，就后天吧。”勇三大声嚷嚷着说，钻进了被窝里。

再过一阵，就到约定的夜晚了。

这期间，两人几乎没有交谈过，都各自默默做着自己的工作。勇三始终很不高兴的表情，眉间皱着深刻的皱纹。

过了晚饭，就到了睡觉的时间，在就寝之前，邦子率先开口了。

“关店的事情，可以回答我了吗？不能再延长期限了。”邦子以端正的坐姿问道。

“已经决定了。”勇三只是这么说。

邦子的心口怦怦直跳。

邦子像是要吞下勇三的脸似的，盯着他。

“我很喜欢这份生意，从父亲训练我开始做豆腐，一直都做着这项工作。与其这么说，不如老实地说，我除了做豆腐什么都不会。”

“……”

“所以要说我的真心话，是不可能关店的，想要一直做到死。”

勇三的话让邦子的双拳紧握，指甲要深陷进肉里一般地攥紧。无论是关店，还是继续开下去，确实对邦子而言是条重要的分叉路。

“更进一步说真心话，这之前我也提过，我想要教会你加卤水的技术。这绝不是骗人什么的，是我的真实想法。”

“加卤水的技术！”邦子用震惊的口吻说。

“是的。不管怎么说，我是觉得你其实很喜欢做豆腐，然后因为某种原因而变得讨厌了。虽然我完全不知道原因，但难道不是这样吗？”勇三咬着牙说。

“我喜欢做豆腐？！”邦子用大叫一般的声音说。

邦子的生活完全被做豆腐占据了，至今为止她还完全没有想到过这点。这么说的话，行介也说过：“我越来越感觉，夫人您真的很喜欢做豆腐呢。”

邦子恰好能填进下野那孤独感的空洞中，而下野恰好能填进邦子想要关店那份心情的空洞中，她是这么想的。但，难道说……

是要关店的这份心情，恰好可以填进自己想和下野亲近的空洞中吗……这不是顺序颠倒了吗？这么说的话，想要关店的主意，好像就是从和下野搭上话开始的。

我是想要被温柔地对待，邦子不由得这么想。

匠人气质的勇三是个绝对不会说温柔话的人，就算有事的时候也是用喊叫似的语气，说话基本没有什么顾忌。邦子嫁到寺西豆腐店三十二年，这之间被勇三以温柔或甜蜜的话对待的记忆一次都没有过。

“所以，你想说什么？”邦子用高亢的声音说。

“我只是觉得，让你学会加卤水的技术，然后我们两人再一起融洽地做豆腐匠人是最好的了……”

“……”

“交给你了。你真的想要关这家店的话，我就听你的。虽然你不在的话我或许也能做豆腐，但你不在的话，这个家就散了，而且……”勇三的话忽然停顿了，“我对你——”只说了这些，勇三就钻进了被窝里。

“啊。”邦子发出轻轻的一声。

她实在是想听勇三的下半句话。然而，勇三在被窝里面一动也不动。这样的话，不管说什么也没用了。

不管怎么说，选择权还握在邦子的手中。明天见了下野，到底该给出怎样的答复呢？还有刚才勇三的话……她还是第一次见到这样的勇三。

“卤水吗……”

抬眼望着天，念叨着这一句的瞬间，邦子感觉自己的体内好像有什么脱落了一般变轻了。

大豆的香气竟然飘进了卧室中。

6

过分的纯情

▶

圭次到昨天和佳子一起时的位子坐下，

不知为何，

感觉体内满溢着幸福感。

他耸着双肩往家走。

出了检票口，脚步自然地转向内街道的方向，有意识地避开大道。走大道的话，碰到熟人的概率会高，圭次对与人对话极端不在行。

他基本上不与人闲谈，十分怕生。明明跟人打架的时候都能异常冷静，在熟人面前却觉得全身都被羞耻感碾压着，最喜欢一个人独处了。生来就是这个倒霉的性格，实在是没有办法。

走在陪酒店铺林立的内街，圭次的手伸进口袋内探寻，摸到的只有一张千元钞票和数枚硬币。这样的话，明天的零用钱就紧张了。

“明天要不要翘课干点副业呢？”他在心中自言自语道。

圭次所谓的副业就是恐吓。

穿制服有被抓住的危险，便服的话首先不会被逮住。只要恐吓几个人，应该就能有以万为单位的钱财入手，这是很简单的事。

走了十分钟左右，他看到了奇怪的光景，两个男人正在拉扯一个穿制服的女高中生。

一个人拉着女高中生的手腕，另一个人推着她的后背。女高中生看向了圭次的方向，两人视线相接。周围再没有其他行人，那三个人纠缠在一起，消失在了狭窄的胡同里。

“唉，算了。”要是平时的话就这么算了，但是今天情况有些不同。

虽然只是稍微看了一眼，但那个女高中生长得十分可爱。虽然可能也是因此才让男人色心大起的，但那两个男的怎么看都像是地痞。

圭次只是稍微站定了一会儿，就缓步走向了胡同，双拳在胸前砰砰地敲了敲。

进入细窄的胡同向右转，有一片小空间，那三个人依旧纠缠着。一个男人的手伸进了女高中生的胸口，另一个人则正绕过手去探入裙下。女高中生虽然身体猛烈地抗拒，但由于恐惧，似乎发不出声音来。

圭次默默地站在了男人们面前。

“你这混蛋想干吗？”刚才探索着女高中生裙内的男人直视着圭次问，他的长头发被染成了金色，耳朵上戴着耳环。

“你们在干什么呢？”圭次低声说。这种情况下他却毫不畏缩，能够正常对话，实在是不可思议。

“不是正如你所见，在做有点可爱的事情吗？”从女孩的胸口抽出手来的男人瞪视着圭次说，这是个头发理成短发的红发男人。

“在这种地方吗？”圭次用压低的声音说。

“好好地用手机拍下照片的话，她之后就只能乖乖听我们的话了。”

金发男人说的话让圭次的双拳握紧了。

“比起这个，你赶快滚吧。我可是记牢你的脸了，你要是出去给我惹乱子，可不会有好下场哦，我们的背后可是有黑道干部撑腰的。”金发男人瞪着眼睛颐指气使地说。

然而，圭次没有动。

“你这混蛋，听不懂我们说的话吗？说了让你滚，听到了没，你这小鬼？”短发男人用带着怒火的声音说。

但圭次依旧一动不动地站定。

“好胆量啊，还是说，因为颤抖而腿动不了了？”

男人向前迈了几步，在圭次跟前站住了，伸手要去推他的胸膛。这时候，圭次的右拳揍上了男人的胃部。虽然那是肩部和腰部都用上了充足力量的一记直拳，但对圭次而言还是手下留情了。

短发男人好像摔了个屁墩一般立刻就倒下了，捂着肚子蹲坐着。虽然似乎是想站起来，但完全没有力气。

“你这混蛋！”看到这情形，金发男子的脸瞬间流露出胆怯的神色。

“你这混蛋，做了这种事，以为能轻易了事吗？我们的靠山可是——”

他还没说完，圭次就迈步到了男人跟前。

男人向着圭次的脸挥出右拳，没有用上肩和腰的力气，是全凭腕力的拳头。圭次忽然将脸扭到一边躲过，他的拳头架在胸前，脚步轻快地摇晃着身体，那是游刃有余的样子。

“你是练拳击的吗？”男人用激动的声音问。

“想拿冠军呢。”圭次轻声回答。

男人则胡乱地挥拳反击。

全数躲过那些拳头，圭次毫不费力地一记左勾拳打在了男人的下巴上，金发男人一声都没吭地就倒下了。

圭次向旁边看了一眼，女高中生正一脸惊呆地瘫坐在地上。

“喂，没事吧？”圭次大声问。女高中生左右摇晃了下脸，点点头。

“来。”圭次自然地伸出手去。明明是那么怕生的自己……但想想这是在打架之后就能理解了。

女高中生握住了圭次伸出去的手，终于站了起来。对圭次而言，这还是第一次握女孩子的手。

“能走吗？”圭次如此问道，女孩又左右摇晃了下脸，点点头。

“总之，先从这里离开吧。”

圭次就那么握着女高中生的手，从小路出去了。

“你叫什么名字？”圭次不由自主地问了。虽然也是因为不知道该称呼她什么好，但更重要的是，他特别想知道这个女高中生的名字。

“坂口佳子……”女高中生条件反射般地，用平静的声音回答。她依然是呆愣的样子，脸色苍白。

“那，坂口小姐，总之先离开这里吧。”圭次用愉快的口吻说着，拉着名为坂口佳子的女高中生快步地走开了，打架时候平静的心现在已如急槌打鼓似的怦怦直跳。

回过神来的时候，他们已经站在名为“咖啡屋”的咖啡店前。这家店，圭次确实有听说过附近的传闻……

他不想就这么和这个女孩分开，想要再跟佳子说一会儿话。虽然知道这是家有传闻的店铺，但此刻是个眼前的好去处。进入这里的话就能再和佳子待一会儿，也能再说会儿话。

“进去休息一会儿吗？”这样的话脱口而出。

圭次就这么握着佳子的手，推开了那陈旧的木门，门上响起了清澈的铃铛声。

“欢迎光临。”低沉的男声传来。

看向传来声音的方向，一个体格结实、个子很高的男人正从柜台里看向圭次。

“啊，你好。”圭次打了个奇怪的招呼，像是怕佳子逃

跑一般，紧紧握着她的手走向了里面的座位。先让佳子坐下，圭次才轻轻开了手。

“我叫塚本圭次——”坐在佳子前面的圭次，忽然报出了自己的姓名。他知道自己满脸通红，心也跳得怦怦快。

男人站在了他身边，是宗田行介——

“要点什么吗？”行介将杯子放在桌上，低声说。

“啊，咖啡行吗？”圭次用沙哑的声音询问佳子。

总算确认佳子是点了点头后，他用高亢的声音回答：“两杯咖啡。”

这么说着，圭次的视线扫过行介的脸，触碰到了他的目光。望向圭次的是很柔和的目光。

很少见，父亲精一今天早回家了。

上了二楼的母亲千津子走到房门前，怯生生地说：“小圭，饭做好了。”

只说了这些，母亲就悄悄离开了房门前。

过了一会儿，圭次来到六叠间的开放厨房时，他们已经开始吃饭了。

“因为小圭你一直都不下来。”

无视母亲辩解似的话，圭次坐在了自己一直坐的位置上。今晚的菜是排骨。

圭次无言地拿过筷子，无言地吃着。

“喂，你很有精神嘛。”喝着啤酒似乎心情不错的父亲说。

“你也很精神嘛。”圭次低声回答。

“我的优点也就是身体好了。”

虽然精一今年五十岁了，但在公司的体检结果总是没有异常，一次都没有收到过再检查的通知。但是，不知是不是由于从事的是精密仪器制造的中坚企业的中层管理职位，一直都很辛苦，他的发际线开始大幅度后退了。不过精一的辛苦，与其说是为了公司，倒不如说可能是因为圭次行为不端……

“好好地去学校了吗？”父亲小声唠叨着问。

“就算去了吧。最近没有干什么给你脸上抹黑的事情，不用担心。”圭次愤愤地说。

和圭次差了七岁的哥哥洋一，可以说是跟他正相反一般的优秀，前年的春天，从东都中心区的一流大学毕业，进了一流的建筑公司，现在在大阪分店上班。

由于父母都很自豪于那个哥哥，圭次是什么都要和哥哥比较着被养育大的。

“为了洋一，圭次也要老实一点呢。”母亲说得很客气。

“所以，我不是挺老实了吗？虽然还没决定要如何就业。”圭次交替地瞪着两人一般说。

圭次从小时候开始学习成绩就很差，上的高中也是三流的私立学校，然后在那里又成了吊车尾。如果只是这样的话还好，然而一年前高中二年级的冬天，由于某个事件，他每天尽是打架，几次都到了需要警察处理的地步。虽然万幸的是没有出什么大事，但已经是再惹一次事就一定会被退学的状态了。

“对呢，要老老实实的。那我真是觉得庆幸呢，不管怎么说，老老实实就像是圭次的工作一样。”

像是为了附和母亲的话一般，父亲又帮腔道：“对啊，这就最好了。就业的话不管是打工还是合同工，只要能吃上饭就行了，职业是没有贵贱之分的。”

圭次的筷子忽然停住了。

“没有贵贱之分吗？——哥哥的工作就是上等的，我的工作不管怎么说都是最下等的。所以，从最开始就没有期待过，你们不是这么想的吗？”圭次把饭碗摔一般地放到了桌上。

“那种事，我们没有——是吧？”父亲像是寻求帮助一般地说。

“是啊，谁都没想过那种事。洋一和圭次，对我们来说都是重要的孩子。”母亲用不知所措的声音说。

圭次讨厌父母一有什么事就迁就自己心情的态度。

“虽然我和哥哥都是你们的孩子没错，但重要的孩子只有哥哥，我是不同的对吧？”圭次不由得用双手敲击着桌面。

装了啤酒的杯子倒下了。

又搞糟了，心里这么想着，圭次突然站了起来，脚步凌乱地走向台阶。登上台阶的时候他回头瞥了一眼，那一边收拾着桌子一边浮现出松了口气表情的父母映入他的眼帘。

圭次进入四叠半的自己的房间，粗暴地摔到了床上，他枕着手臂盯着天花板看。

那是二年级的冬天——如果没有那件事的话，即便是差生自己应该也会努力的。

圭次很喜欢格斗技能。虽说如此，但他小学和初中时光只顾着打电视游戏，从学校回来以后只要时间允许就握着游戏手柄痴迷地玩。也有可能不是因为喜欢格斗技能而痴迷地玩游戏，而是因为痴迷地玩游戏，所以才喜欢格斗技能。

圭次上了高中以后加入了拳击部。虽然练习很严格，但并没有觉得苦，不如说觉得快乐。跳绳，叩击吊球，击打沙袋……每天早晚固定跑十公里。

一年级的夏天，他第一次参加了拳击练习比赛。

加入了十六盎司[1]的俱乐部，带上头套和高年级生对打。力量的差距是显然的，但两轮要结束的时候，他无意间打出的直拳正好击中了对方的脸。命中的手感确实通过拳头传了过来，高年级生膝盖一软，整个人就倒在了垫子上。

第一次参加拳击比赛就以KO的方式取得了胜利，连圭次自己也不敢相信。虽然说是幸运的一拳，但确实将对方一击打倒了。从那时候开始，圭次就被部员们以“硬拳头”相称了。

学会了防御方法和击打技巧之后，圭次转眼间就进步了。到了二年级春天，高年级生都不是圭次的对手了。

“你的肌肉很柔软又有弹性，或许从事职业拳击都能成功，说不好，甚至能成为冠军——”

教练的这一席话让圭次感到兴高采烈，就算学习不行，或许可以在职业拳击手的世界里……圭次愈发地沉浸到拳击中了。

这年的冬天出了事。

学校附近的窄道里，圭次见到一个脸熟的低年级生被别的学校的三个不良少年包围住了。他们在恐吓他。

1　拳击手套的重量规格，包括10盎司、12盎司、14盎司、16盎司等，1盎司≈28.35克。

圭次立刻冲了进去，变成了一场乱斗。结果恐吓的三人中，两个人鼻骨骨折，一个人门牙折断。这件事也被校方知道了，对方以伤害罪向警察起诉了。虽然事故以调节了事，但警察也判断圭次为防卫过当。

比起圭次的对手是多人这点，让那些人受伤了这点倒更成问题——警方做出了如此奇怪的判断。然后圭次就被拳击部以“没有健全精神的人是不能打拳击的”这样的理由强行退部了。

圭次自暴自弃了。

这一切都太不讲理了。

躺在床上盯着天花板的圭次脑海中，浮现出自己从小混混们手中救出的佳子的脸。明天，他想再去一趟那个名叫咖啡屋的店。

进行了三次恐吓，拿了大约三万元现金的圭次再次造访咖啡屋是在下午四点左右。

今天穿的不是制服而是牛仔裤和速干连帽风衣，不用说，他翘课了。

圭次到昨天和佳子一起时的位子坐下，不知为何，感觉体内满溢着幸福感。圭次想，自己可能是为了体味这种感觉才到咖啡屋来的吧。

他有生以来，还是第一次那么认真地跟女性对话。不如说，圭次和年龄相仿的女孩子一次都没有好好说过话。这不是夸张或别的什么，而是真的。

圭次在与人交谈方面很不在行，在女孩子面前就更是异常显著，一句话都说不出来，心会跳得极端快，喉咙干涩发渴，除了低下头让视线落下就没有别的办法。然而昨天和佳子却……

正在这么想着，他就被搭话问“要点什么”，眼前则放置了一个盛水的杯子。圭次投去视线，看到老板行介正站立着。

“啊，咖啡。”没由来地，圭次红了脸，说道。

“今天是一个人吗？”行介投去柔和的目光。

“怎么说呢，昨天该说是特别的一天，还是偶然呢，或者说发生了点事呢？”圭次支支吾吾地回答。

“真好呢，年轻这回事。”行介轻轻点了点头，而后离去了。

圭次端来了热咖啡，一边慢慢地喝着，一边在心中反刍昨天发生的事，脑海中马上被佳子的脸占据了。

佳子坐在椅子上，虽然身体在一段时间内不住地颤抖，但十分钟过去后好了很多，她战战兢兢地伸出手去够咖啡，用双手抱着杯子捧起来，轻轻地往嘴里送。出声地喝了一口后，佳子轻轻舒了口气。

“没事吧？”为了不被发现心跳加速，圭次尽可能地用若无其事的语气说。

“是的，”佳子用沙哑的声音说，“真的，十分感谢你。”

当即佳子就站起来，对着圭次深深地弯下腰，鞠了个躬。她的情绪似乎终于平稳下来了。圭次则慌忙站起来，而后像是要将那一身肌肉的身躯弯折下去似的低下头。两人同时抬起头，目光相交。佳子脸上露出了仿佛不好意思的笑容，然而还是和圭次目光相接了。圭次的体内被喜悦充满了，那是至今为止从未体验过的感觉，他知道自己连

耳根都通红了。

两人同时坐回到椅子上。

果然是很可爱的脸。大大的眼睛，柔和的鼻梁，嘴唇很小，显得少女感十足，而由于下巴很窄，整体看起来很均衡，没有什么缺点。

“那个——”圭次发出含混不清的声音。

“被摸到了奇怪的地方吗？”他用蚊子一样细的声音问。

“虽然上面被摸了，但下面我拧着身子死守住了。”

佳子说了“死守”这样的词，这话听起来让人松了口气，圭次的心中划过了一股安心感。

“你住在这附近吗？”

对圭次的询问，佳子说自己的家住在江古田那边，今天只是偶尔下课比较早，来见这边的朋友，结果遇到那样的事。虽然来过好几次了，但是遇到那种事还是头一回。佳子虽然这么沮丧地说着，但脸色已经恢复了原来的样子。

圭次询问了她学校的名字，佳子说了一个在东京市内也屈指可数的学校名，而她是二年级的学生。然后她询问了圭次学校的名字。

“我是个吊车尾的不良少年。”

加了这个前置，圭次坦率地告知了佳子自己上的私立高中的名字，他觉得不能对佳子撒谎。

“你是不良少年吗？！”

双目大睁凝视着他的佳子的视线很耀眼，圭次不由自主地移开了目光。

“对，不良少年。每天不是打架就是恐吓，是个吊车尾的不良少年。”圭次看着桌子，回答道。

“打架或恐吓吗？原来是这样啊。”

圭次感觉自己好像被佳子的视线刺穿了身体一般。

“简单来说，就是人渣，就这么一回事。”圭次用自暴自弃的语气说。

“我还是第一次这么近地看到这样的人。学校的男孩子每天都在努力学习，大家全都是看起来很弱的人。所以我能看到塚本你这样的人，该说是觉得很新鲜呢，还是很开心呢？”佳子开心地说。

圭次的心口怦怦跳了起来，他战战兢兢地抬起头，看到露出微笑的佳子正在看着自己。那是一张温暖的脸。

“而且，打架还那么厉害呢。”佳子目光闪耀地说。

“那是拳击——因为我以前打过拳击。我小的时候迷上了格斗技能的游戏，然后作为兴趣的延伸就成了拳击宅男。”

这是毫无虚假的真心话。

圭次认为自己是个宅男。除了格斗技能之外，应付其他的事连笨拙都算不上，能称为朋友的人也一个都没有。在拳击部被称为“硬拳头”的时候，也勉勉强强有能算得上是朋友的人，一旦他离开了那个部，身边就一个可以依靠的人都没有了。交情也就仅此而已。

“拳击宅男吗？但是，感觉这也是搞体育的人的必须条件呢。”听了圭次的话，佳子如此回答。

搞体育的人必须的条件——圭次的眼角变热了，不停地吸着鼻子。

“那个，你哭了吗？”佳子偷偷观察着他似的问。

“才没有哭呢，男人是不会哭的吧。”圭次的嘴抿成笔直的一条线。

“但是，你哭了啊。”佳子用温柔的声音说。

“塚本先生，一定是一个温柔而有力量的人。这不是什么该隐藏的事情啊，这是很棒的事。”佳子用下定论的语气说。

这时候，圭次的胸口中有什么震荡开来了。那是又酸又甜，很令人怀念的东西。那是想把从他出生开始，一直到发生变故被拳击部赶出来为止的一切，全都对佳子诉说的冲动。想要原原本本地让佳子听一听，如果想要倾诉的话，感觉除了佳子就没有更好的人选了。

“那个，能听一听我的事吗？”圭次坦率地说。

佳子深深地点了点头。

这之后，虽然磕磕绊绊，但圭次把自己的一切都对佳子讲了。

说到家里的哥哥洋一备受期待，自己则一直被父母教育要老老实实的时候，佳子如此说：“这太奇怪了啊，因为每个人都有自己的个性。如果哥哥头脑好算是个性的话，那塚本先生你打拳击很厉害也是值得自豪的好个性啊。”

然后，在说到被拳击部赶出去这件事时，佳子声音加大地责备起警察和校方对这件事的处理方式：“太过分了！这是社会太奇怪了，没错的，我不认为塚本先生有错。”

两人互相说着话，时间须臾间便飞逝而过，从进入咖啡屋已经过去一个半小时了。虽然佳子愉快地坐在自己前面的位子上，但她不可能一直在此停留。然而，圭次还有一个想问佳子的问题，可怎么也不好意思问出口。

“我差不多该走了。”

看了眼店里的时钟，佳子这么说的时候，圭次下定了决心。他从旁边的包中拿出笔记本，撕了一页下来。圭次急忙在上面写下了数字，那是自己的手机号。

“那个，要是出了什么事的话，请打这个。”他小心翼翼地把那张纸递出去。

圭次做出如此积极的行动还是头一回，然后——

“可以的话，那个，坂口小姐把你的手机号告诉我的话，我会很高兴的。”圭次支支吾吾地说。

“那个，当然了，我不会乱打这个电话的。只有在真的有事的时候才会打，我不会说谎的。”这次圭次则是比手画脚地说。

佳子直视着圭次的脸。

虽然是凝视一般的视线，但忽然转为了笑容。那是温暖的笑容。

“好啊，因为我和塚本先生已经是朋友了。而且，塚本先生有温柔的力量，是值得信赖的人。”

佳子这么说着，在圭次撕下来的纸上空白位置写下来自己的手机号，然后仔细地折成两半，手法灵巧地将一半给了圭次，另一半装进了她自己的包里。

圭次的心中亮起了一盏灯。

这是他至今从未感受过的，照进心底深处的安详的灯火。

这不过是昨天刚刚发生的事。

“坂口佳子……”圭次在口中辗转地念着这个名字，他意识到自己前面有谁坐下了。

圭次抬起头来，看到并列的两张认识的脸，那是昨天将佳子拉进窄巷深处的两个家伙。

“你们！”圭次怒视般地瞪着两人。

“喂，你可让我们好找啊老兄。我想反正你应该就住在这附近，从白天开始就一直在这附近到处找你。”金发男人瞪了回去。

“有趣，还想跟我打架吗？要是这样的话，我可不会像昨天那样手下留情了。”

圭次心中涌起无名的愤怒来。要是自己没有经过的话，佳子就会被这些家伙的手……

“你手下留情了吗？！”旁边短发的男人很吃惊似的说。

“今天我们不是来找你打架的，而是有别的事。”男人露出惹人讨厌的笑容，看向圭次。

圭次横卧在床上，看着天花板。

以前都没注意过，这还真是层次很多的天花板啊。本想数一数的，但他最终放弃，并闭上了眼睛。

“三百万吗……”圭次小声地念叨着。

到底要恐吓多少次，才能弄到这个金额呢？本想计算一下的，但他马上放弃了。期限是三天内，不管怎么努力，也不可能弄到这么一大笔钱的。

也就是说，剩下的除了跟父母哭诉就没有别的办法了，但只有这个圭次不愿意。而如果不支付的话，自己就可能会对哥哥洋一造成危害。和被当作惹祸精的自己不一样，哥哥洋一被父母寄予了厚望。正因如此，他更不想给哥哥添麻烦。虽然两人绝不能算关系好的兄弟，但这可以说是圭次最底线的自尊了。

就在两个小时前——端来咖啡的行介回到柜台之后。

“我们把你跟在我们身后的事，和组里的年轻头目箠[1]本先生和盘托出了。然后，你猜猜怎么样了？”报出了车站大厦里事务所的组名，金发男人说了这样的话。

“这种事，我不可能知道吧。”圭次瞪着男人的脸，说。

“黑道被一个外行人给教训了该怎么办？要么干脆地做个了断，要么就接受惩罚，只有这样才能鼓舞士气啊。”金发男人一边笑着，一边说。

“接受惩罚？”圭次露出惊讶的表情。

“就算是要进监狱也无所谓，所谓黑道的尊严就是这么回事了。总而言之，就是说使用什么方法都可以，即便是对你这种外行。”短发男人骂骂咧咧地说。

“不管使用什么方法……”

“对，不管用什么方法的意思，就是说我们得到了许可。已经不是简单的打架了，这已经是你的家族全员和我们组之间的战争了。”金发男人用扬扬得意的眼神看着圭次。

“为什么是我的家族全员？跟你们打架的只有我一个人不是吗？和我的家族没有关系吧。”圭次的声音不由得变粗了。

“你傻吗？跟黑道挑事，这是很自然的结果吧。这种事不是一开始就该知道了吗？”金发男人露出了轻蔑的笑。

“跟我的家族没关系吧，有什么冲我一个人来。”圭次死命挤出声音说。

“别说这种睡迷糊了的话，我会让你知道知道什么叫黑道的勒索。就算你自己再强，与全组为敌的话也是打不赢

1　加注：同“屉”，在日本是指祭祀时用来祈祷祝愿的小竹。

的吧。还是说，你想试试吗，用你得意的拳击术？”

圭次的全身一下冷了。

虽然要打倒眼前的两人是很简单的，但以黑道组织为对手打架是毫无胜算的。而且这两个男人还说了要以他的家族全员为目标。

“要不要先去你父亲的单位那里挑事呢？然后是你哥哥的公司，要是有姐姐的话，该怎么办呢？不管怎么说我们可是得到了组织的允许，是吧，打拳击的小哥？”短发的男人露出一脸嘲笑的表情。

“既然闯进了无聊的事情里，结局就是如此吧，混蛋。”金发男人骂骂咧咧地说着，直视着圭次。

“那个……所谓的了断，是打算怎么办？”圭次用沙哑的声音说。

“哎呀，你比较喜欢这个吗？小哥。”金发男人很高兴地说。

“外行人要了断的话，只有钱这么一回事了吧。”男人怪异地用一脸认真的表情说。

“钱……”圭次只念叨了这一句。

“三百万左右的话我就忍了，怎么样啊，小哥？”男人低声道。

“这是最低限了，这样就能了事的话，你该觉得庆幸呀。”短发男人说得好像他开恩了一般，“给你三天吧，三天之后这个时间，把三百万如数凑齐带到这里来。知道了吗，混蛋？我要说的话就这些。”

他慢慢地站了起来。

“还有，要报警也行，但那时候就会有另一拨人来找你麻烦了，他们比我们还要厉害的。”短发男人叮嘱一般地说。

接着站起身来的金发男人伸手拿过桌子上的杯子，对着圭次的脸把水泼了上去。

“再见，拳击小哥。”

圭次全身都涌现出愤怒，但是他什么都不能做。

不知道过去了多久，圭次手里捏着账单，摇晃着往收款台前走去。

行介低声唤住了他：“那些人，是黑道的吧？”

圭次微微点了点头。

“发生了什么事，要跟我说说吗？”行介表情真挚地看向圭次。

“这个……”圭次一瞬间发出了高亢的声音，而后塌下肩膀，沉默着交了钱出去了。完全想不到该怎么解决这件事，他的思考停止了。

“三百万吗……”圭次睁开闭上的眼睛，盯着天花板，再次自言自语似的出声道。

不管怎么想，圭次也不可能弄到那些钱。他脑海中浮现出的只有佳子的脸，他好想见她，特别特别想见她。

虽然知道她的手机号，却不能打。那时候圭次清楚、干脆地说了“不会胡乱打电话的，只有在真的有事的时候才会打”。

他没有要紧事要找佳子，只是特别想见她而已。

但是怎么才能……

圭次不知道佳子的住所，只知道她在江古田附近。虽说是江古田，但只是个笼统的概念，要想寻找的话几乎是不可能的。这么一想，圭次忽然意识到奇怪的事情。

虽然圭次不能造访佳子的家，佳子想来圭次的家却能办到。在这附近提起自己的名字，一定有很多人知道。这么想着，圭次在床上左右摇起了头。

“不公平啊。”他这么念叨着。

这一瞬间，圭次脑海内划过了见到佳子的办法，那就是去学校。佳子告诉了他她在哪里上学，如果在校门前等的话，佳子总会出现的。虽然不知道什么时候才会出现，但肯定是要耐心等待的。

但是，如果这么做的话……他和佳子相识，不过是昨天的事。要是这么做的话，一定会被当成尾随犯吧。但是圭次想见佳子。虽然见了也不会有什么用，还是想见。

“坂口佳子……”圭次出声地唤着这个名字，忽然他的心口像被刺了一般地疼。明明不救佳子的话，就不会有这样的发展，即便如此，圭次也觉得能遇到佳子真好。

他喜欢佳子喜欢到受不了。

一天过去了。

虽然圭次在床上躺着，把各种办法都想了一遍，但什么好法子都没想出来。只是想见佳子这个念头越发膨胀了，他感觉见到佳子就什么遗憾都没有了。是的，圭次内心一角已经有了死的觉悟。感觉自己死了的话，一切就都能圆满收场了。但是，真的能那样做吗？

他想起了昨晚和母亲的对话。

因为父亲要晚回来，圭次就和母亲两人一起吃晚饭。

“小圭，感觉你脸色特别阴沉啊，出了什么事吗？”

“没什么。”圭次简短地回答。

“但是，感觉你和平常的样子不太一样，要是出了什么事不好好说出来的话……”这么说着，母亲闭上了嘴。

“不好好说出来的话，你们就无计可施了吗？要是到了不可补救的程度，会给哥哥添麻烦是吗？”

“这，完全是小圭你想多了……只不过……”母亲吞吞吐吐地说。

“只不过，什么？”

“谁也没有权利去破坏走在坦途上的人的生活。”母亲的目光落在桌子上，说道。

“真是漂亮的话呢，简直挑不出毛病。你这么说的话，我完全无法反驳。”圭次止住了话头，

“但是，所谓家人……”他轻声说。

“所谓家人——就是不管被谁破坏了生活都没关系是吗？小圭你是想这么说吗？”母亲提高了声音说道。这对一直都观察自己脸色行事的母亲而言是很少见的。

“如果是家人的话，什么都可以被原谅不是吗？不管怎么说，因为是一家人。”

对一直都沉默着从座位上站起来的圭次而言，这也是少见的反驳。

“并没有这一回事，正因为是家人，我觉得才应该好好配合认真生活着的人。”

“要配合下面的人是很简单的，但是要配合上面的话应该是很艰难的。即便如此，也要这样吗？”

“并不会很艰难，只要像个人一样活着就好了。”母亲用教导一般的口吻说。

“你们就活得像个人一样了吗？尽是观察着周围人的脸色在生活不是吗？为了哥哥，努力不让人从背后戳脊梁骨

不是吗？”圭次把话掷出来一般说。

“父母照料小孩，这不是当然的事吗？”母亲的声音好像小了些。

“可我也是你们的孩子啊。”圭次低声道。

“圭次虽然是我们的孩子不假，但同时也是洋一的弟弟啊，所以……”母亲提醒似的说。

不管怎么说，最终结论都会落到这一点。然后接下来的话圭次也知道了。

“小圭你的任务就是老老实实的，这一点都不难吧。”

听到了预料中的这句话时，圭次心中涌起不可言表的悲伤。这样的家庭，就算破坏了也……

但是想到这儿的时候他的心口猛地一揪，果然，那样还是太……圭次从床上坐了起来。

他想要见佳子。圭次思考到最后，只浮现出这个念头来。如果只是想见对方一面的话，他意识到可以在对方不知道的情况下实现。只要不被发现的话，应该就没有任何问题了。只要隐藏在暗处看佳子一眼就回去的话，就不会造成任何问题了。

真的只要稍微看佳子一会儿，圭次应该就能下定决心了，他就是这么觉得。那样他应该就可以干脆地去死了。那些家伙把自己弄死了的话，应该就不会再出手了，也应该算是圆满收场了。

明天，就到佳子上学的学校去吧。只是看看的话是可以的，圭次下定了决心。

恰巧的是，佳子上学的学校正门前有并排的银杏树。

圭次隐在银杏树荫之后时是大约三点，这之后学生们虽然渐渐地从正门出来了，但里面没有佳子的身影，说不好可能是走了正门之外的出入口。

到了五点左右，从正门出来的学生数量增加了许多。想着可能会不小心看漏，圭次就拼命地盯着正门附近，但还是没有看到佳子的身影。

到了快六点，就在圭次觉得不行，快要放弃的时候，他突然感觉正门那边闪耀了起来，那是佳子。

穿着藏蓝色水手服的佳子正和三个朋友一起聊着天从正门出来，从圭次的面前通过了。

圭次的心如同急槌打鼓一般地怦怦直跳，口中也干渴难忍。为了配合佳子一群人的移动速度，圭次在银杏树之间移动着。

虽然很想从正面看到佳子的脸，但是那样的话被佳子看到的概率也会增大，只有这一点必须要避免。

"佳子……"圭次像念咒语一般念着佳子的名字，在树木间移动着。

变故就在这时发生了。

不知道是要干什么，佳子忽然回头了。而圭次正好在树和树之间，被看了个正着。

时间一瞬停止了一般。

两人的视线相接了。

"啊！"圭次不由得小声喊了出来，他的身体凝固了一般动弹不得。

心脏眼看着就要爆炸了般，圭次从脖子到脸全都通红。

佳子则——露出了明显惊讶的表情。

她眼睛睁大地凝视着圭次的脸，那之后她轻轻地向左右摆了摆头就把脸扭了回去。既有“因为有朋友在，不要再接近了”的意思，还有“你为什么会在那种地方等着”之类的意思。不管是哪种，肯定是被佳子明确地拒绝了。

圭次全身都被绝望感侵袭了，自己果然不该来。

这样的话，就已经无法再见到佳子了，当然也不能打她的手机了。圭次当即就蹲了下去，感觉全身的力气都被抽干了。

就在这个时候，他意识到背影姿态的佳子右手动了下。

那是……佳子垂在身侧的手的前端向后挥舞了一下。也就是说，佳子在对着圭次挥手。

圭次的身体一下充满了力气，佳子在对着自己挥手，他的眼窝深处热了起来。

“坂口佳子。”圭次干脆地出声道。

那是比以往要更大的声音。

第三天的午后。

圭次比约定提前了一小时到达咖啡屋，自然，他没有带钱。圭次是打算到这里来拼命的，这样的话应该就不会给家族添大麻烦了。

圭次走向了和佳子一起坐的里面的位子，其他的客人就只有一对夫妻，店内静悄悄的。

“要点什么？”行介马上用托盘端来了装水的杯子。

“啊，咖啡。”圭次用紧张的声音回答。

就算昨天见到了佳子，再怎么没有遗憾，圭次也不过是个高中生。一会儿就要以命相搏了，不可能冷静得下来的。

本以为会被继续搭话的，结果行介只是听了点单后就立刻回去了。

“很烫，请小心。”行介轻声说着，就这么坐在了圭次的前面。

“还是不想说说吗？”行介直视着圭次的脸道。

“这……”这么说着，圭次忽然明白了自己为什么要提前一个小时到这家店来。自己想说给行介听，除了这个就想不到别的了。他想说给这个杀过人的咖啡屋老板听。

“虽然可能是我多管闲事了，但我奇怪地就是很在意圭次君你的事。”

行介知道圭次的名字。

“那个，我的名字——”

对露出惊讶神色的圭次，行介说：“因为圭次你家在这附近很出名。哥哥是成绩优秀的优等生，而弟弟可以说正相反，成了吊车尾的不良少年，可以说是很显眼的存在。”行介用干脆的语气说。

“不过我比起优等生，要更喜欢不良少年呢。”行介一边微笑着，一边轻轻点了点头。

“啊，那真是谢谢了。”圭次坦率地说。

坐在他面前的行介的身上，散发着有一种压倒性的什么，那大概是……

“对不起，我全都说出来，您能听听吗？”圭次用恭敬的语气说，将事情一五一十地都告诉了行介。从自己在家里的立场到拳击的事，还有从窄巷里救了佳子的事，因此被黑道威胁的事，全都毫无隐藏地对行介详细地说了。

“原来如此。那两个小混混，一会儿就要到店里来了，

是吗？”行介粗壮的胳膊交叉在一起，自言自语似的说。

“那么，圭次你是打算赴死才到这来的，是吗？”

“是的，对不起。”

“虽然没必要道歉，但你真的打算去死吗？”行介用嘹亮的嗓音问。

“我是这个打算。我昨天也见到她了，下定决心了。”圭次答得有几分不好意思。

“没有遗憾了吗？但是，我觉得赴死这件事嘴上说着简单，一旦直面的时候是很难的。”

“虽然是这样，但也没有其他的办法了。”圭次用沉闷的声音回答。

“彻底地一战怎么样呢？既然圭次君完全没有做错什么，当然，警察也会介入的。”行介用中气十足的声音说。

“那样的话，我家……”

“可能会被毁掉吗？——但是，这种程度就会被毁掉的话，也就不能算是家了不是吗？当然，虽然愤世嫉俗地有不良行为的圭次君是不对，但太过执着于维护优等生立场哥哥的父母也有不对。因为太过极端了，虽然还算维持着某种平衡，一旦发生了什么事情……”行介认真地看着圭次的脸，“虽然感觉双方都稍微让步一些，就能成为很好的家庭，但那是不可能的吧？”

“双方吗？”

“是的，双方。无论什么事都是一样的，在这个世界上，靠自己一个人是活不下去的。我觉得一个人就算再努力、再挣扎，也改变不了什么事。对不起啊，说了说教一样的话，虽然我并不是有资格说这种话的人。”

"不，没那回事。"

就在圭次这么说的时候，门上挂着的小铃铛发出了一声轻响。那两个人来了。

"哟，小哥，你来了啊？"金发男人似乎心情很好地说着，站在了圭次面前。他旁边站着的短发男人面部扭曲地笑着，眼珠滴溜溜盯着行介的脸看。

"滚开啊，大叔。"金发男人发出了恐吓的声音。

这时候，那对夫妇客人的男方出声说了句"不好意思"，而他们两人已经站在了收银台前。看来是感受到了奇怪的氛围，意识到还是早早离开为妙。

行介从圭次前面站了起来，慢慢地走向收银台。圭次正想着他还会不会回来，就见行介走进了柜台中。对圭次而言，行介的态度实在令人扫兴。

"小哥，把钱拿出来吧。"坐在圭次面前的短发男人扬起了下巴。

到底该回答些什么呢？圭次瞥了一眼柜台，撞上了用锐利目光看向他的行介。那是闪着强者之光的眼神，圭次感觉到自己的体内涌起了气力。

"没有啊，那种东西。"圭次用干脆的语气说。

"没有是什么意思？你这混蛋，都到这种时候了还想跟我们打架吗？"金发男人瞪着他。

"虽然不想跟你们打架，但我打算跟你们彻底一战。"

"混蛋，你家里人怎么样都无所谓了吗？"金发男人的手慢慢伸进了怀中。

"家人由我来保护，当然，是和警察一起。"圭次的话尾微微有些颤抖，他很在意金发男人怀里的东西。

“很有胆量嘛，小哥，那你就是没有好好付钱的意思了？”男人从怀里抽出了什么。

那是匕首。圭次的身体瞬间冻住了，和带刀刃的打架还是头一回，男人将刀刃摆在了圭次的鼻尖前。

“要死一次试试看吗？”

圭次的身体畏缩着动弹不了，他是濒临失禁的状态。明明在心中起誓要赴死而来到了这里，真出事了却是这副模样，实在是难为情。

“怎么了，拳击小哥？”

男人用刀刃要碰上圭次的脸颊时，动作却忽然停止了。因为他的紧跟前站了一个人，那是行介。不知何时，行介的右手牢牢地握住了金发男人的手腕。

“不允许在我的店里做这种事。”

“好疼啊……”

练过柔道的行介的握力应该不简单，匕首从男人的手中脱落掉到了地板上。然而，行介却继续攥紧着男人的手腕。

“要折断了啊，骨头……”

就在男人发出快哭出来的声音时，身后传来了声音：“可以就此住手吗，宗田行介先生？”

圭次回过头，看到一个身材和行介相似的男人脸上露出笑容站立着，两人年纪也相仿。

“您是？”

就在行介出声的同时，短发的男人用喊一般的声音说：“少头目。”

“就是这么回事，我就是罩着这群家伙的人，笹本。”

名为笹本的男人，对着行介恭敬地低下了头。

“你是这群渣子的头儿了？”行介用不屑的语气说，松开了金发男人的手腕。

“虽然他们是渣子不错，但要是没人罩着他们的话，也是活不下去的。”笹本用游刃有余的语气答。

“少头目，为什么到这儿来了？”金发男人一边摩挲着被抓住的手腕，一边说。

“我想起你们说交钱的地方是咖啡屋，就觉得有些在意。”

“您说在意？”短发男人露出惊讶的神情来。

“我想见宗田行介先生一面啊，因为被宗田先生杀死的名为青野的开发商是我的熟人，所以就……”

“被杀？！”笹本的话让金发男人突然发狂似的喊了出来。

“你认识那个男人吗？”行介用瞪视的眼神看向笹本。

“啊，有些耳闻。虽说如此，但我对宗田先生没有什么仇恨，请放心。”

“是吗，那可以赶快带着这些渣子回去吗？虽然身为有前科的我来说这话很奇怪，但我讨厌黑帮。这之后不要再对这个男人出手了。”行介用眼神指向圭次。

“这可不行，被一个外行人这么揍了，不可能就这么默默回去的。道上混的人也有所谓道上人的面子。”笹本的右手慢慢伸进了西服怀中。

“你想要和我以死相拼吗？”放低了身体的行介说。

“这样的话可能也好。”

两人就这样，在手能够到的距离互相瞪视着。

四周沉浸在一片异样的气氛中。

圭次的喉咙发出了咕咕的声音，这是真真正正以命相搏的场面。

等这互相瞪视的均衡被打破的一瞬间，到底哪边会……

圭次的双拳紧紧地攥了起来。

这个时候，金发男人的右手忽然拾起了掉在地板上的匕首，用刀刃向着行介的方向猛刺了过去。

圭次的身体瞬间就动了，一记右直拳揍在了金发男人的下巴上。

虽然是隔着桌子很勉强的一记右直拳，但还是把男人揍飞了出去，让他爬不起来。

圭次的视线急忙看向互相瞪视的那两人，笹本的右手从怀里抽出来放在了身侧，行介则将弯下的腰身稍稍挺直了。

“好厉害啊，小哥。虽然我有所耳闻，但还真是厉害的重拳。这样的话，那他们两个人会被揍得满地找牙也不难理解了。但是，我的命也是靠这两个渣子救的呢。”

笹本说了让人听不明白的话。

“欸，这是怎么回事呢？”圭次不由得问。

“拜这渣子作风的卑鄙举动所赐，厮杀的气氛也消散了——就是这么回事。要是这么瞪视下去，我的匕首虽然会刺中这个人的身体，但那个瞬间我的脖子也会被那双大手给折断吧。啊，能豁出命去的人真是可怕啊，虽然去坐牢是可以，但我还是珍惜生命的呢。”笹本淡淡地说。

“小哥你啊，还是别做不良少年了，好好去练拳击比较好。有如此禀赋，一定能戴上冠军腰带的。”笹本对着圭次微微点头，然后对短发男人扬了扬下巴。短发男人来到了金发男人身边，用手拍了拍他的脸。

“那，宗田先生，我们就回去了。已经不会再对那边的小哥出手了，请放心。”筱本从钱包里取出一万块钱放到了身侧的桌子上，走向门口。

用肩膀架着金发男人的短发男人跟在筱本身后，走到门前筱本回过了头。

“就算再怎么是讨人厌的渣子，也是不得不活下去的，请对他们宽大一些吧。”只说了这些，男人就消失在了门口。

三人走出店铺的同时，行介像是要瘫倒一般坐在了圭次面前的椅子上。

“没事吧，没受伤吧？”行介肩膀起伏着喘着气问。

“没事。宗田先生才是，没事吧？”

“啊，那个渣子男先动了手真是太好了。要是那样下去的话，真的可能会如那个男人所说的，两人同归于尽。”

两个人一起沉默了半晌。

“打个电话怎么样？”行介忽然说。

“欸？”

“给你的女神。昨天她悄悄地对你挥手了吧，那这次该你这边主动了，别磨磨蹭蹭地，快打电话吧。”行介细心解释似的说。

“啊，好的。是这样呢，那我现在就打。”

圭次从口袋里拿出了手机，他已经存好了佳子的号码。

“那我去外面。”

行介刚站起身来，圭次却说：“请留下吧。我一个人的话，不知为什么有些害怕。拜托了，请留下吧。”圭次发出哀求般的声音。

“你这么说的话，我留下也可以。”

看到行介重新坐下，圭次露出放心的表情，按下了佳

子的名字，心脏像要撕裂一般快速地怦怦跳着。

拨通后响了七次，对方才接。

然而，响起的却是一个男人的声音。

“你好，我是森村。”

“欸，不是坂口小姐的电话吗？我是塚本。”

“不，我是森村，你拨的是什么号码？”

圭次急忙念了佳子的电话号码。

“虽然是这个号码，但这边不是坂口小姐啊。”这样的男声在圭次耳边响起，然后电话被切断了。

“怎么回事，不是女神的手机号吗？”耳边传来了行介困惑的声音。

“似乎是被骗了呢，看来告诉了我一个胡说的号码。”

除了这个就想不到别的了。

这么想的话，昨天佳子的行为也不是在挥手，而可以理解为“不要追到这边来”。总而言之，佳子告诉了圭次一个胡说的号码。

“就像世上的人都讨厌黑帮一样——”行介低声说。

“品行端正的女子也讨厌不良少年，不想与之有牵连，我想就是这么回事吧。怎么样，就以此为契机从不良少年金盆洗手吧。那个叫笹本的男人也说了不是吗？放弃做不良少年，好好地打拳击，总有一天会出头的。”

“是的。”

除了答应，圭次想不到还能说什么。

他的身体被悲伤碾压了。为什么要告诉他一个假的电话号码？要是当时她就说不想告诉他的话，他还不至于这么难过。

大颗的泪珠滚落下来，把桌子打湿了。圭次感觉身体冷得不行。

三十分钟后，圭次拖着无力的脚步往家走。

圭次的家是在商店街往里大概第三栋的独门小院。

走近家门的时候，圭次意识到有个人站在玄关门前。想着肯定是担心自己的母亲吧，看了一眼，圭次的心脏却怦怦地跳了起来。

站着的人，是坂口佳子。

绝对没错，是佳子。

“对不起，我……对不起。”佳子用快哭出来的声音说。

圭次的鼻腔深处又热了起来。

那是让人舒服的热。

7

指定席

指定席

▶

行介的胸口有灼热的东西在上涌，

那一心一意的眼神是太过深爱的眼神，

但是自己却什么都不能做。

一个客人都没有。

过了午后四点的“咖啡屋”，柜台处只有行介一个人在，店内空荡荡的。行介从柜台侧面拿出烧咖啡壶用的酒精灯，在自己面前摆好，取下盖子点燃，凝视一般盯着那橙色的火焰，轻轻地将右手遮了上去。火焰吱啦吱啦地烧灼着右手，热度甚至传到了五根手指的指尖，疼痛感变了，变成了剧痛。行介咬紧了牙关。

“这样就能安心了吗？”有人轻声问。

木绵子正站在柜台的对面。

“不……”只说了这一句，行介慢慢地灭了酒精灯的火焰。

“老样子，拜托了。”木绵子露出微微的笑意，坐在了柜台前。

自从被岛木叫去关东煮店“伊吕波”后，木绵子就时常来咖啡屋，但最近频率变高了。

“是赎罪吗？”木绵子纤长的眼睛直视着行介，开口道。

“才不是那么帅气的事情呢。我只是，想欺负自己而已……”行介的目光看向咖啡壶，如此回答。

“行介先生——”木绵子的话瞬间停顿了，“实在是太认真了。”她直率地说，在柜台上双手交叉。

“明明已经好好赎过罪了，还如此苛责自己，我觉得普通人是做不到的。”

木绵子的视线注视着行介的右手。筋脉突起的大手表面到处都是蟹状痕瘤，颜色已经变得红黑，那是至今为止数次用酒精灯的火焰灼烧留下来的痕迹。

“我也不是普通的人，我是——”

行介只说到这儿就停住了，将咖啡从咖啡壶中倒进杯子里，放到了木绵子面前。

“很烫，请小心。”他轻声说。

“我开动了。”木绵子用沙哑的声音说，虽然左右手的手指似乎想要分开，却不知什么缘故没能分开。

“真讨厌，似乎是粘在一起了。”像孩子似的说完，木绵子终于分开了双手。

“我的手很不认真，所以做不到。和行介先生一样，以前我也试过用煤气灶的火烧手，但是连十秒钟都没忍到。”木绵子说出了让人震惊的话来。

“用煤气灶烧手？！”

“是的，我也觉得如果不这样就不行。”惊异感在行介心中越发扩大了。

“啊，糟糕，这里的咖啡太好喝了。”木绵子双手将咖啡杯捧起来，小声地喝着咖啡，用愉快的声音说。

“说起来，前几天冬子小姐来了我的店。”她若无其事地说。

“冬子去了伊吕波吗——和岛木一起吗？”行介惊讶地问。

“不，是一个人来的。她大概吃了一小时左右的关东煮，还一边跟我聊天，然后就回去了。我猜……”木绵子说着，又喝了一口咖啡，“她大概是为了观察我而来的吧。”

“观察？！”

行介直视着木绵子的脸。真是漂亮啊，他忽然意识到。然后那张脸看起来还有些发红。

“想要仔细看看作为女人的自己和我，到底谁看起来更美些吧。因为我最近经常到这家店来，所以，她有些担心行介先生吧。”将捧着的杯子放回盘子上，木绵子说。

"担心吗……"行介自言自语似的说。

"是呀，冬子小姐说了这样的话呢。"木绵子有点高兴似的说。

正在吃着关东煮的冬子询问道："木绵子小姐结过婚吗？"

"结过一次，不过离婚了。"木绵子如此回答。

"跟我一样呢——但是，为什么分手了呢？"冬子大胆地问。

"虽然很羞于言表，但是是我丈夫对我实施暴力的原因……每天被又踢又打，实在是让人没法忍受下去了。"木绵子低声回答。

"啊，对不起，问了你不好回答的问题。但都是离过婚的人，不知怎么涌起一种亲切感来。虽然就年纪来说，木绵子小姐要年轻得多，我大概要比你大五岁吧？"

虽然冬子用愉快的声音询问了，木绵子却只是笑着，什么都没回答。

"那个时候忽然想使点坏心眼。"木绵子纤细的手指抓着杯子，定睛注视着行介说，"可惜没有告诉冬子小姐我真正的年龄。虽然我自然是比冬子小姐年轻，但没有差五岁那么多。冬子小姐嘴上那么说，但应该也没有觉得会差那么多——总之我没有告诉冬子小姐我的实际年龄。"

"……"

"坏心眼呢，我真是。"木绵子忽然一笑，缓缓地将杯子端到嘴边。

"果然，很好喝呢。"她用欢快的声音说。

"换个话题，最近有没有询问我的客人，来过这家店呢？”木绵子问了奇怪的话。

“是指这条街上的人吗？”行介一脸诧异地问。

“不，不是这条街上的人，是行介先生你不认识的人。”木绵子用斩钉截铁的口吻说。

“啊，至今为止还没有这样的客人出现。怎么，是发生了这样的事吗？”

“我店里的一个常客——啊，是在街角经营电器商店的，告诉我说有个人询问了他很多，他觉得大概是在说我。”

行介意识到木绵子那端庄洁白的面容流露出恐惧的神色。

“你有线索吗？”行介那粗壮的手臂交叉在胸前。

“我猜，大概是我前夫。”木绵子用沙哑的声音说。

“前夫吗——那也就是说，他对木绵子小姐还抱有留恋，所以来寻找你吧？”

“虽然也可以这么想，但应该是正相反的。”

“正相反？”

“因为我对前夫做过很过分的事情，我想他是怀着仇恨，想要来报复我的。”木绵子叹了一口气。

“很过分的事……被这样对待的不是木绵子小姐吗？刚才你说每天都被施以暴力。”

“虽然是这样……”木绵子那细长的眼睛盯着行介看。

行介的胸口怦怦直跳，对面那洞穿秋水的眼眸深处闪着光泽。

“可以听我说会儿话吗，行介先生？”木绵子低声说。

“这倒是可以。”

木绵子将目光从点头的行介身上移开，开始慢声细语地说起来。

木绵子和丈夫佐川克也大约是在五年前分手的。

在那一年之前，克也被所在的商务机器制造厂裁员了。虽然经常去免费职介所，却没有找到合适的工作，慢慢地，克也开始变得粗暴。

最开始的时候他借酒浇愁，最终把矛头对准了木绵子。

“我会被裁员都是你的错。”克也向木绵子抛出了这样的话。

酒会归来，克也曾几次把直属上司带回家里来，那个时候木绵子的接待不周到就成了他的说辞。

“是因为这个原因被裁员的吗？”行介插话道。

“应该不是。我丈夫会被裁员，归根结底是业绩不好。虽然他在营业部工作，但他绝不是个意志坚强的人。我觉得他作为营销人员，并不在行。”木绵子用冷静的语气说。

“但是你丈夫不这么认为，认为原因是木绵子小姐？”

“我觉得自己是被转嫁了。我确实没有片刻不离地接待，但那是推测我丈夫心意而为之的，绝对不是敷衍了事。”

“推测你丈夫的心意？”

“我丈夫是个嫉妒心很重的人。要是我对上司过于殷勤的话，我觉得情况会变得很糟。所以除非必要，我都不会露面，而是在隔壁的房间——结果却适得其反，因此每日被丈夫责难。”

到了失业保险发放完毕的那天，虽然木绵子曾逼迫他说就算找不到中意的工作，只要能吃饭干什么都好，但克也没有听进去。

“我也是有尊严的。”他这么说着，怎么也不答应。

既然这样的话，那就只好她自己出去工作了。木绵子对克也说，女人做什么工作都行，却没有被允许。

“女人的工作就是家务。”

克也极端讨厌木绵子去外面工作。女人的工作就是在家——这是如同克也口头禅一样的话。

“这是因为木绵子小姐太漂亮了，丈夫感到担心吧。”行介不由得说。

“这种事……那个人只是单纯地爱吃醋而已。”木绵子用模糊的声音说。

存款花光的生活开始了。

一如既往没有找到工作，就像为了驱散那股郁愤一样，克也开始了对木绵子的暴力。

最开始是只是欺负的程度，但渐渐升级，不到半年，木绵子的身上就青一块紫一块的了。不仅是踢和打，也有用平底锅和金属球棒的时候。

“抓着我的头发，一直被拖到房间里的时候也有。但是那个人，不可思议地就是不会对我的脸出手。”

似乎可以理解。无论是对身为女子的木绵子来说，还是对身为男子的克也来说，脸都无疑是最重要的部分。

“我下定决心和丈夫分手，是从他使用被煤气灶烧红的烤肉铁串逼迫我开始的。”

可能是回想起那时候的事情了，木绵子的脸色苍白。

“用铁串烙在木绵子小姐的身体上吗？”行介惊愕地问。

“烧得通红的铁串前端微微冒着烟，然后那个人只有那次，要把那烧红的铁烙在我脸上。我那时候用手挥舞遮挡，夺门而逃跑了出去。已经不能和丈夫一起生活了，可能会被杀掉。当时那么想着，所以我就……”一口气说完这些

的木绵子的双肩塌了下去。

“发生了那样的事情吗？但是，丈夫竟然同意了离婚呢。虽然听了这么多，我感觉他是从心底里喜欢木绵子小姐的呢。”行介问出了在意的事情。

“最开始是不同意的。所以我考虑了很多，最终寻找到一个让丈夫同意离婚的好办法。”木绵子用细微的声音说。

“好办法？”

“总而言之就是……”

就在木绵子开口的时候，门上的铃铛发出了一声轻响，进来的人是冬子。“哎呀。”冬子轻呼了一声，走到了柜台前面。“前几天美味的关东煮，多谢款待。”冬子低下了头。

“不，只是粗茶淡饭。”木绵子从圆椅子上站起身，恭敬地低下头。

“阿行，我来一杯白兰地咖啡。”

这么说着，冬子想坐在以往的位置上，但今天那个位置被木绵子坐了，冬子微微地露出了有些困扰的神情。

“啊，我是不是坐了冬子小姐的指定席啊？我换位置吧。”木绵子用柔和的语气说。

“没什么，我坐旁边的位置就足矣了。所谓指定席，也就是能正面看到阿行的脸而已，阿行的脸也不是什么稀罕物。”冬子用带着几分危险意味的声音说，坐在了木绵子旁边的位子上。

“冬子，你一个人去伊吕波了？”为了缓和气氛一般，行介尽量用温柔的语气问。

“果然已经知道了啊。”冬子低声说。

“岛木君赞不绝口的味道，要是不去尝一次感觉说不过去。不过果然如岛木君说的那样，十分美味呢。”冬子用爽朗的语气说。

“是吗，那就好呢。”除了这样的话，行介就想不出还能说什么了。

“比起这个，两个美人陪在柜台边的感觉，怎么样？”冬子大胆地问。

“这个该怎么说呢……对男人而言应该叫眼福吗，嗯，是该这么叫吗？”行介支支吾吾地说。

这次则是木绵子趁火打劫似的追问：“在行介先生看来，我和冬子小姐谁更漂亮呢？”

一瞬间，周围全都安静了下去，鸦雀无声。

“这个——”行介拖着长声。

“我是开玩笑的，请别在意。对我而言，有‘这个’这句就足矣了——仔细想想总觉得‘这个’真是句好话呢。”木绵子满脸微笑着说。

“那我就先回去了，还有采购的工作要做。”木绵子突然站起身来，将咖啡的费用留在柜台上，转过了身去。

门被打开，响起了丁零的铃声。

“这个，这个，这个，这个……”冬子马上就噘起了嘴。

“别这么当真啊，冬子。”行介责备似的说。

“‘这个’什么——把真实想法干脆地说出来就好啊。”冬子用针锋相对的语气说。

“说出真实想法？”行介不由得出声道。

“这个——”

行介开口时，冬子也意识到了自己话中的矛盾，脸颊微微红了。

“说起来，木绵子小姐也真是不容易啊。”

之后行介将木绵子至今为止的经历，大致跟冬子说了。

“烧红的铁串！”冬子大喊一般地说。

“虽然去伊吕波的时候听说了她被家暴的事情，但竟然有这样的事，真是不容易啊。”冬子的双肩落了下去。

“但是，木绵子小姐所说的好办法，到底是什么呢？我也想作为参考听一听呢。”冬子忽然抬眼瞥了下行介。

“参考啊……”

行介一边低声说着“很烫，请小心”，一边在冬子面前放了一杯冒着热气的咖啡。

“嗯。”冬子坦率地点了点头。

“不换位子可以吗？”行介逗乐似的问。

“不用了，今天就……”冬子用一脸不开心的表情说，突然向着咖啡杯伸出手去。

“木绵子小姐，过去发生过这样的事情吗？那真是不容易啊，不帮她一把不行啊。”岛木坐在柜台边深深地点着头。

其他客人只剩下里面座位的两个人，时间是快五点的时候。而那位神秘客人的现身，是在这之后十分钟左右的事。

歪扭的上衣，露膝盖的裤子，那个男人周身弥漫着一股颓废的气息，他径直走到了柜台前。虽然个子很高又瘦削，但是肌肉紧绷结实，长了一张很有男人味的脸，这大概就是……

“白兰地咖啡。”男人坐在了岛木旁边，低声说了一句就沉默了。

“很烫，请小心。”泡完咖啡的行介把杯子放在了柜台上。

“你就是宗田先生吗，这边的是岛木先生吗？”男人用没有抑扬的声音说。

“这么说的话，你就是木绵子小姐的丈夫佐川克也先生吗？”岛木一边瞪着男人，一边回应道。

“不要恐吓我啊，岛木大叔。我和你们不一样，是个没什么能失去的人了。胡乱多管闲事可是会吃苦头的，我打起架来可算是厉害的。”疑似佐川的男人的视线就那么看着前方说。

“不是在恐吓你。总而言之，你就是佐川先生吧？”岛木提醒似的问。

“对，我就是佐川克也，你有什么意见吗？”男子干脆地报出了自己就是佐川。

“倒不至于说有意见，但你差不多该放过木绵子小姐了吧，既然已经被那么讨厌了。”岛木也用干脆的口吻说。

“放过吗——还没能做个了结，谈不到放过吧。”克也愤愤地说。

“还没做个了结是什么意思？我是听说木绵子小姐已经跟你一刀两断了。”站在柜台里面的行介惊讶地问。

“和我一刀两断了吗？是吗，那个女人这么说的吗？真是个厉害的女人啊。这么说的话，你们就是什么都不知道，被这个女人给骗了。原来是这么一回事啊。”男人说出了奇怪的话。

“被骗是怎么回事？这话我可不能置若罔闻。”岛木的语气变粗了。

“就是字面意思啊，岛木先生。那家伙是个厉害的女人。我和那家伙还没有正式离婚——与其这么说，不如说我受到了她的虐待。为了要干脆地跟她做个了结，我才到这儿来的。不过，她竟然来到了远亲的婆婆这里寄宿，我只是这么猜想的，没想到猜中了。”

“还没有离婚，是什么意思？还有，说虐待是怎么回事——”

“字面意思，就是那么回事，被木绵子迷得神魂颠倒的岛木先生哟。”克也的视线从岛木身上移向了行介。

“我还听说木绵子经常到这里来啊，宗田先生。不过你一看就是她喜欢的那一类男人没错了。”克也嘲笑一般地说。

看起来克也对与木绵子有关系的人都做了详细的调查。

“但是，那家伙大概已经知道我来了，却不知为什么没有逃跑呢。明明消失踪影也不奇怪，这点我真是想不通啊。不过既然知道她不逃跑，就可以慢慢地实施勒索了。”男人自言自语似的说。

“我可以问你一个问题吗？”行介稍微犹豫了下问。

“到底发生了些什么？可以告诉我真实的原委吗？”行介低声询问。

“不会告诉你的。要是想知道就直接去问木绵子，虽然我觉得她不可能说实话。”

昨天——虽然由于冬子的露面没能说出来，但那时候木绵子应该是打算说什么的。

“唯一可以清楚地告诉你们的一点是，”克也交互着看了看岛木和行介的脸，“那家伙说的话都是在撒谎，只有这点。”

克也的大手抓着咖啡杯，将咖啡大口大口地灌进嘴里。

“真烫啊。”他皱起了眉。

“说起来，刚才听你的谈吐并不是很正经的感觉，在混黑道吗？虽然我听木绵子小姐说你是在商务机器公司做营销员的，这点也是假的吗？”行介向克也投去坚定的目光。

“这是真的。我原来是在商务机器公司做营销员，但是，经常过着流浪者的生活，态度和谈吐一定会发生变化的吧。这也是那个家伙的错，因为她我才会这么辛苦的，就是这么回事。”克也吼叫一般地说。

“可以再告诉我一件事吗？你到底是为什么才到这儿来的？听了你的话，感觉关于木绵子小姐不得不调查的事情你都已经查清楚了。”

“很简单啊。”克也用有压迫感的声音说，“我是来拜见一下木绵子很中意的宗田先生的面容的，仅此而已，没有别的理由。”为了让人听清似的，克也一字一顿地说。

“说不定木绵子那家伙，是因为不想看不到她中意的你的脸，才留在这条街上的。不这么想的话，似乎就不合逻辑呢。”克也慢慢地站起身来。

“反正，今晚你们会去那个女人的店里紧急汇报的吧。那时候就干脆地告诉她，我两三天之内一定会露面的，让她洗干净脖子等着。”像是说了句退场台词似的，克也把咖啡钱扔在了柜台上。

“要是不想和我碰面的话，赶快逃走也可以。比起在这里被我逮住了乐趣就此结束，不如她逃到哪里我再去寻找要更愉快，我活着也会更有干劲。不管怎么说，我只有时间多得是。我把这句丑话说在前头，宗田先生。”克也眼神锐利地盯着行介的脸，“你要是包庇木绵子，阻碍我的话，我会乐于把你当作对手的。以命相搏可不是你的个人专属。就是这样了，还请你好好下定决心，杀过人的宗田行介先

生。”只说了这些，克也就慢悠悠地离开了店。

“阿行，这到底该怎么想才好呢？我是已经完全搞不清楚了。”岛木用束手无策的语气说。

“我也是一样的。搞不清到底哪个是真的，哪个是假的——但是，既然那个男人在商务机器制造厂做营销这事是真的的话，我觉得可以相信木绵子对我说的话基本都是真实的。只是——”行介的话戛然而止。

“只是什么啊？”

“不由得感觉在某个关键的地方，有一处重大的区别，关键之处……”行介费力地挤出声音道。

“所谓关键的地方，比如说那个，木绵子小姐和佐川分手所用的方法吗……”

“简单来说的话，大概就是那个地方。嘛，总之今晚去伊吕波的话，我想就什么都明白了。”行介盯着天花板说。

“今晚去吗？那我也去。我想用这双耳朵好好确认下，所谓木绵子小姐撒的大谎。”

就在岛木大声说的时候，门开了，是冬子。

“怎么了？说必须去木绵子小姐的店什么的，岛木君的声音在外面都能听得清楚呢。”冬子一脸惊讶地看向行介和岛木。

“实际上，冬子啊……”

岛木让冬子坐在了柜台前，把木绵子的丈夫克也造访这家店的来龙去脉简要地告诉了冬子。

“这么说木绵子小姐和丈夫还没有分手啊。”冬子不知为何用松了口气的语气说。

“木绵子小姐是大骗子，让丈夫受尽了苦头什么的，是怎么一回事？不管怎么想都觉得想不明白呢。”冬子用一脸惊讶的表情说。

“所以，为了确认这点，今晚才要和阿行去伊吕波一起商谈这事啊，然后冬子你就来了——”

“所以岛木君才会发出一腔热血的喊声啊，因为对方是你最喜欢的木绵子小姐啊。”冬子深深地点着头说。

“那，我也一起去。”冬子干脆地说。

“实际上我并没有那么讨厌木绵子小姐呢。”她奇妙地用明朗的声音加了一句。

那天晚上，行介早早地关了店，等到岛木和冬子来了，三个人一起去了伊吕波。

明明距离关店时间就还有大约一小时了，伊吕波却还是一如既往地拥挤，只在入口处的柜台边还有两个空座。

“哎呀，欢迎光临。”

木绵子那悦耳的声音传来，却在看到冬子在的一瞬间表情蒙上了阴云。

岛木敏感地察觉到了那表情变化。

“冬子你今晚就回去不好吗？正好也就只有两个空位。”他在冬子耳边低声细语。

“不要——”冬子的回答十分明了。

木绵子马上来到了柜台的一端：“有三个人吗……怎么办呢？”

虽然她露出了很困扰的神情，但站起来的客人自然一个也没有。

“冬子。”岛木再次开口道。

“今晚，我还是一起比较好……”冬子发出了沙哑的声音。

“这样吧，你们两个坐着。我去散散步，在这附近转一转。”想要缓和现场气氛一般，行介说。

“哦，就这样吧，然后你就一个人那么回去吧。”岛木像是催促着周围的人似的说。

“可以吗，行介先生？实在抱歉，那，之后我会好好款待你的。”

行介在木绵子万分抱歉的声音中被送了出去。

走在昏暗的小道上，行介想，可能确如岛木所说今晚把冬子带来是件棘手的事。即使这么说的话，冬子也绝对不会同意吧。虽说也是没办法的事，但冬子确实对木绵子抱有非必要以上的敌意。

走了一会儿，身后忽然传来一个声音：“宗田先生。”

慢慢地转过头，木绵子的丈夫克也在星光下脸上挂着轻蔑的笑站立着。

“果然，你今晚来了啊，我就在想会不会变成这样呢。”看起来克也在监视着伊吕波。

“但是，三个人真是麻烦啊。要来的话一个人不好吗？特别是那个冬子，她不是你的女朋友吗？有那个女人在的话，木绵子应该是不会说那件事的。”

克也说了“那件事”。

“那件事是什么？到底是什么意思？”行介盯着克也看。

“白天我就说了不是吗？是那家伙撒谎的根源所在。”克也又露出了那轻蔑的笑容。

“我还是觉得木绵子小姐，不会如你所说的是个大骗子。”

“还是不这么觉得吗……你是被木绵子迷住了吧。”克也的笑容忽然消失了。

“如果我说就是这样的话，你怎么办？”行介虽然这么说，但这自然不是真话。他只是想知道他这样说的话克也会有什么样的反应。

“你很有胆量啊，宗田先生。在身为她老公的我面前，说得这么干脆，真是让人震惊啊。”克也的右手伸进了上衣内侧。

他带着什么东西，大概是刀刃之类的。这家伙是认真的。

“开玩笑的。我只是有点想看看你会怎么反应而已——抱歉啊，就是这样的。”行介很坦率地低下了头。

“事到如今，你撒谎也没用了。难道说，你这混蛋已经抱过木绵子了吗？”克也用压得过低的声音说。

“别说这种荒唐话，木绵子小姐才不是那种人，当然我也毫无那个意思。”行介的声音不由得变粗了。

“不管你是不是撒谎，我都不会放过说这样话的混蛋的。不管怎么说，你这混蛋被木绵子中意这件事是没错的。”克也的眼睛倏然眯细了。

那是准备动手的表情。

行介全身都紧张了起来，他微微屏住了呼吸，沉下了身。虽然不知道能不能胜过刀刃，但不能就此逃走。而且原因是自己发出的不谨慎言论，实在是轻率了。

“我再次向你道歉，可以请你原谅我吗？刚才的话绝对不是我的本意。”行介就那么弯着腰，低下了头。

“啰唆，不管你是不是本意，我都不在意。从最开始见面我就看你不顺眼，就是这么回事。”克也蹭着脚步，靠近了几分。

不得不上了。行介的两手就那么垂在身侧，等着克也刺过来。

克也的右手从怀里拔出来的瞬间，响起了什么人接近的脚步声。可能是路过的人，两人之间的紧张感瞬间就被冲散了。

“一决胜负这件事先留着吧。”克也低声说，从行介面前匆忙地离开了。

行介做了一个深呼吸，看了一眼手表，已经超过十点半了，距离伊吕波的关门时间还有三十分钟左右。

他急忙赶回伊吕波，看到岛木和冬子已经转到了正中心的座位上。两人之间有一个空位，可能是为行介留着的。虽然看起来有几个人离去了，但店里还是很热闹。

“欢迎回来，行介先生。”木绵子发出了开心的声音。

“今天这就要关店了，请大家差不多准备回去吧。”木绵子两手砰砰地拍着。

“欸，这就关店了啊，还有一会儿不是吗？”一个客人说。

“一个男人不要对小事这么斤斤计较的，我和这个人有些话要讲，所以拜托啦。”木绵子用表情指了指行介。

“讲什么话啊，关系不一般呀，不是色色的话吧？”另一个客人说。

“虽然那样的话我会很开心，但肯定不是。所以，拜托啦。”

对着双手合十低下头的木绵子，客人们纷纷站起身来，也有用充满恨意的眼神看着行介的客人。

客人们走了之后，木绵子的视线就瞥向了岛木和冬子。

“那么，请坐，行介先生。”木绵子催促他坐在了两人之间的位子上。

“哦，抱歉了。”行介轻轻地点头坐下了。

“要点什么？”

行介点了啤酒和适量的关东煮。柜台上马上摆上了杯子，木绵子手持凉啤酒倒进杯中。

行介一口气饮尽啤酒，歇了一会儿，点的关东煮就盛到盘中端到了他的面前，冒着热气看起来很好吃的样子。

行介吃着半片[1]，木绵子直视着他的眼睛说：“既然三个人一起来，就是说那个人在您店里露面了吧？”

“来了，是今天白天的事，他很清楚地说出了自己是木绵子小姐的丈夫佐川克也。”行介也看着木绵子，回答道。

“那个人是什么样子？”木绵子用沙哑的声音问。

“似乎，是过着十分放荡的生活。”

如此，行介就坦率地把当时的事情对木绵子讲了，但他没有吐露就在刚才他和那个克也差点发生的冲突这件事。感觉这种以命相搏的事情告诉木绵子的话也只是徒增她的困扰而已。

“那时候，佐川先生说木绵子小姐是大骗子，这话让人很在意。”

“所以你们才聚集在一起了吗？想知道我到底是个怎样的坏女人？”木绵子用嘶哑的声音说。

“才没有人觉得木绵子小姐是坏女人呢，我们只是想要

1　日本用小型鳕鱼制成的一种鱼肉加工食品。

知道真相。知道了真相，感觉说不定能帮上忙。”岛木用温和的声音说。

“真相吗？”木绵子轻声说。

“要说真相的话，我确实就是如佐川所言的坏女人，真真正正的坏女人。”木绵子用放弃了一般的语气说。

“大概——”冬子第一次开口说话，“是你和丈夫分手的原因——我猜你丈夫指的是这个吧，不是这样吗？”

“这……”木绵子的脸上划过一片阴郁。

她紧紧地抿起嘴来看着上空，似乎是在犹豫着要不要说出来。然而，前几天她确实已经跟行介说过了。只是今天坐在木绵子面前的不只是行介，还有岛木和冬子。

“这话，还是等有机会再说吧。”木绵子的视线忽然看向了行介。

那是张表情扭曲的脸，虽然扭曲，却还是很美。

“我——”冬子发出了一声模糊的声音，“我为了和前夫分手，和年轻的男人出轨了。”

木绵子听后不由得倒吸了口气。

“因为普通的事情到底是没办法离婚的，所以就……”冬子用呜咽般的声音说。

“啊……”木绵子口中发出一声重重的叹息。

“冬子小姐这样做的话……看来你前夫非常喜欢冬子小姐呢，所以才要做出这样的事。”

对自言自语的木绵子，行介费力地发出声音说：“佐川先生也还没法忘记木绵子小姐，因为他从心底被迷住了，所以才会那么痛苦。”

“那样的男人——”木绵子低声说，“我把一切都告诉你们。”

她的视线落回到了柜台上。

“我是被警察通缉抓捕之身。”木绵子说出了令人震惊的话来。

那是五年前的事。

以铁串那件事为契机，遭受克也接二连三的暴力而身心俱疲的木绵子用手握住了刀刃。再这样下去不知道会发生些什么，这种恐惧的心态驱使着木绵子握起了柳刃菜刀。

“铁串那件事发生三天后，我握着菜刀坐在了醉酒睡着的克也枕边，那是夜里九点左右的时候。”木绵子用沉重的声音说。

“差不多该掀起被子，扬起菜刀了。但是，我的手怎么也下不去……大概维持了那个状态十分钟左右吧。那时候佐川忽然莫名其妙地露出了笑容，那真是十分开心的笑容。看到了那个，我的身体做出了反应。双手握着菜刀，朝着他的左胸口就刺了下去，响起了令人讨厌的声音，好像什么东西崩开了。”

木绵子停下了话，凝视着自己的双手。

“那是不想经历过的手感，好像灵魂被贯穿了一般。我清楚地记得刺下去的瞬间，双手感觉到了那热热的触感。令人厌恶的手感，真的是厌恶。”木绵子身体颤抖着说。

“然后呢？”岛木用沉闷的声音说。

“佐川睁大了眼睛，瞪着我看，想要说什么似的张开了嘴，但发不出声音。然后，他就痛苦地满地打滚。因为被子上有大量的血……我的视线全被染红了，那就如同是……地狱的景象一般。”

木绵子一边后退着，脑海内却一片空白。总之必须从这里逃走，只是被这样的念头支配着，她就这么奔出了门去。回过神来的时候，木绵子已经坐上了去博多的新干线。在新大阪站从新干线下来，那晚就住宿在了车站里的商务旅馆中。

“实际上，我本来是打算杀死佐川之后自己也自杀的。但是见到了那地狱一般的光景，不由得生了怯意。在大阪下车的时候，我也还依旧抱着不得不死的念头。”

木绵子说，那个念头发生动摇，是在看到第二天的早报时。报上虽然登载了木绵子引起的事件，但是克也没有受致命伤，保住了性命。新闻上写，克也拿起枕边的手机自己叫了急救车，木绵子的心一下就稍微放松了些，同时也对克也涌起了强烈的憎恨。受了那样的伤还活着，实在是个贼运强的男人。这样的话自己做的事情就只不过是徒劳了。木绵子决定放弃自杀，既然克也还活着，自己就说什么也不去死了。她想活下去，坚决地活到底。

“这之后我就到处辗转。当然，身为杀人未遂的通缉犯，得尽量让自己别太惹眼，悄悄地栖身。因为是这个状态，所以也做过一些不足为外人道也的买卖……”木绵子的话戛然而止。

“但是，我实在是累了，不想再过这种逃亡生活，然后就拜托了亲戚关系的婆婆来到了这里。婆婆在知道一切的情况下还是收留了我。事件已经过去了两年左右，虽然偶尔也有警察在附近巡视，但最近都不怎么露面了。所以，我才在这里的关东煮店……要是被发现的话就到时候再说。我是抱着这个打算，站在柜台这儿的。”

结束了话题的木绵子，忽然长出了一口气，感觉整个人的气质也一下变得柔和了。

“发生了这样的事情吗……”冬子轻声道。

“所以，我会对行介先生有兴趣，是因为觉得他和我是同一类人，并不是喜不喜欢这种感情，冬子小姐你完全没有必要担心。”

“……”

“然而，他给我的感觉和佐川有些相似，我确实是不讨厌，但也仅仅是因为这个罢了，不需要担心……”

“好的。”冬子深深地点头。

“然后，你就用燃气灶烧手了吗？”行介低声问。

“但我做不到，我是无法模仿行介先生你那样做的，我是个做事不彻底的女人。”木绵子边说着边垂头丧气。

“我的情况是对方死亡了，但是木绵子小姐不同，对方还很健硕。罪恶的程度是不同的，我觉得没有必要背负那样的责任。”行介紧紧地盯着木绵子的眼睛看。

“那么你打算怎么办呢？”行介干脆地问。

周围沉浸在一片沉默中。

“我打算去自首。由于还要处理各种事情，不是说明天就去，大概两三天内吧。”木绵子也用干脆的语气回答。

“这样也好，偿还了罪恶之后再漂亮地重新出发。刚才也说了，你和我不一样，对方还活着。木绵子小姐是应该得到幸福的，我则是不能幸福的人。”

行介意识到自己的话让身边冬子的身体微微颤抖。

“虽然说杀人未遂，但还有动机要考虑。这一点法院应该也很清楚，我想刑期可能不会很长的。”行介用十分明朗的声音说。

“是啊。等偿还完了罪恶，再到这里来做关东煮好了。那样的话若还能像现在一样生意兴隆，就最好了。这样挺好，就这样吧，木绵子小姐。”岛木一派轻松地说。

“要是可以这样的话，我倒是很开心——”木绵子微微地笑着回答。

“木绵子小姐，”冬子忽然用激动的声音说，“难道说，你还喜欢着你的丈夫吗？”她说了令人费解的话。

“这种事……虽然我确实恨着他，但这种事我……”木绵子露出了狼狈的表情。

“对不起，听了木绵子小姐的话，我忽然涌起这样的想法来。请忘了吧，真的对不起。”冬子迅速地低下了头。

“遭受了那般对待，应该是不可能会那样的。你想太多了，小冬。”岛木摇着头说。

“这是因为岛木你是男人。”冬子自言自语似的说。

“对了。木绵子小姐去自首的时候，我也陪着一起去吧，一个人的话多少会有些害怕吧。”冬子奇妙地用明朗的声音说，“就这样好吗，木绵子小姐？”

对冬子的提议，木绵子用孩子一样的口吻答道：“那我就任性一回吧。”

“那我也一起去。”岛木效仿似的说。

“不用了，岛木君跟着只会烦人而已。”冬子当场拒绝了。

“那个，明天晚上我可以造访咖啡屋吗，关店的三十分钟前左右？”木绵子怯生生地问，“我想最后喝一杯咖啡屋的热咖啡，然后就去跟警察自首。”

“当然好，热烈欢迎。”行介笑着回答。

“那就尽情地喝咖啡吧，为木绵子小姐在商店街最后的夜晚增光添彩。虽说如此，我也喝不了多少杯咖啡呢，我实在不擅长喝咖啡。”岛木真的一脸苦恼的表情。

“一杯就好了，因为我想好好地品味那热热的咖啡，将它作为最后的回忆。”木绵子感慨地说。

那是消除心病后释然的表情，那是一张清爽的脸。

“喂，木绵子小姐好晚啊。”岛木坐在柜台前，一味地注视着时钟。

“说什么好晚，现在才九点半啊。要是明天去自首的话，应该会有很多不得不料理的事情吧。”

行介温和地责备岛木的时候，门铃丁零一声响了。

“来了！”

岛木从凳子上站了起来，进店的人却是冬子。

“什么啊，原来是冬子啊。”

“这是什么话，就这样跟我打招呼呀。比起这个，岛木君，”冬子站在岛木面前用穿透一般的眼神看着他，“你要是能让开这个位置的话，我会很开心的。”

“欸？”岛木的脸上露出惊讶的神色。

“这处姑且算是我在这家店的指定席呢。”冬子用干脆的语气说。

“啊，是吗，这是小冬你的指定席啊。虽说如此，也没什么大不了，不过是能正面看到阿行那张苦瓜脸的座位而已。”

“不管是不是苦瓜脸都无所谓。无论是今天还是明天，来年还是再来年，这个座位是我重要的指定席这点是不变的。”

“好的好的，我明白了，是我不好。”岛木用开玩笑似的语气说，移到了旁边的椅子上。

“果然还是这个位子坐着最踏实。”冬子坐在了之前岛木一直坐着的位子上，很开心地说。

“无论是今天还是明天，来年还是再来年，冬子的指定席都是这里吗？”行介少见地说起俏皮话来。

“对，我的席位永远都是这里。因为在这正对面的位子上，能一直看到阿行泡咖啡。”

“是吗，冬子要一直在这里看我泡咖啡吗？”行介轻声说。

“然后阿行在柜台里面也能一直看着我——”冬子忽然停下了话，“这种程度的幸福，不管是我还是阿行都是可以的。”

她直视着行介的脸，那是一心一意的眼神。

行介的胸口有灼热的东西在上涌，那一心一意的眼神是太过深爱的眼神，但是自己什么都不能做。行介是个杀过人的男人，是无法再次做人、绝对不能幸福的男人。只有柜台内外互相注视的幸福……除此之外的就不敢奢望了。

“很烫，请小心，冬子。”

冬子的面前放了一杯冒着热气的咖啡。

“嗯。”

冬子用双手珍爱般地捧起杯子，过了一会儿，轻轻地凑到嘴边，咖啡从舌头上滚过，滑向喉咙的深处。

“真好喝。”

她那忽然漾开的笑脸是让人窒息般的美丽。

“好喝虽然很好，但木绵子小姐来得真晚啊。果然是因为那个吧，因为把开店的牌子换成了关店牌子，这不好吧。”

虽然咖啡屋的关店时间是十点，但为了不让别的客人再进来，行介都是在九点左右就换牌子了。

“说什么孩子气的话，只要透过窗户看过来的话，就知道我们在了吧。而且昨天晚上，也那么认真地约定过了。”

“这个啊，虽然是这样——说起来，小冬，昨晚你说了很奇怪的话呢，说木绵子小姐还喜欢那个佐川什么的。”

“我是说了啊，怎么了？”

“那是真的吗？我怎么想都理解不了啊。”岛木歪着头说。

“即便现在我也是这么想的，正因如此才会想杀了丈夫然后想和他一起死吧。但是因为知道了丈夫还活着，又断绝了去死的念头。然后，知道丈夫来了这里，却还是没有逃走。而且——”冬子忽然停住了话头。

“而且，什么？”

“……而且，我觉得木绵子小姐还是很喜欢阿行的。阿行的感觉和她丈夫很像，但是，这时候她的丈夫现身了，木绵子小姐的心就动摇了。结果就——”

“心就倒向了佐川那边吗？”

“是不是倒向了不清楚。但是，可以确定的一点是，木绵子小姐绝对不讨厌她的丈夫。我觉得是这样。”一口气说了这么多，冬子的肩膀一下子垂了下去。

“脸可是差点被烧红的铁串烫了啊，即便如此也不讨厌做这事的男人吗……自以为很了解女人的我，这次也是理解不了了呢。”岛木一脸震惊。

“不管被如何对待，喜欢就是喜欢。再怎么被温柔地对待，讨厌还是讨厌，女人就是这样可爱的生物啊。是不是，阿行？”冬子锐利的视线射向了柜台内。

“我的优点就只有中规中矩这点了，这方面完全是个不谙世故的人……”行介除了这种话就回答不出别的来了。

当然，这不是真心话。

这时门铃丁零一声响了，一个人影出现了。那是木绵子，岛木的脸上马上露出了喜色。

“木绵子小姐，等你好久了，我还在担心你是不是不会来了。”

岛木站了起来，向旁边又挪了一个座位，邀请木绵子坐在自己刚才坐的位子上。

“对不起。果然忙这忙那的，本来想再早点过来的，结果就到了这个时间。”

看了一眼时钟，正好是关店时间十点整。

“没关系的。今天是为你包场的，不管到几点都是可以的。”行介用大方的语气说。

“店铺那边没问题吗？”岛木用担心的声音问。

“忽然说要关店什么的，今晚还就开店到八点，跟在座的客人说了我不得不忽然去很远的地方，光是一个劲赔不是了，收了不少的倒彩。”

“不管是不是被喝了倒彩，至少是处理完了一件事不是吗？那就挺好的。”岛木用很了不起似的语气说。

“喂，阿行，咖啡屋为木绵子小姐特制的上等咖啡还没有好吗？”岛木大声催促着。

“马上就好了。”行介用一如平常的语气回答。

几分钟后，木绵子的面前放了一杯热热的咖啡。

木绵子的双手先是包住咖啡杯，一直盯着那倒进来的咖啡看。然后她缓缓地捧起咖啡杯，慢慢地将咖啡含入口中，和冬子一样，先是停留在舌尖，然后咕咚地滑入喉咙。

“真好喝，果然今晚来了这里太好了，应该会成为我一生的回忆。”

说完这话，就在木绵子喝第二口咖啡的时候，门铃忽然发出了粗暴的响声。

一个个子很高、肌肉结实的男人站立着。

那是克也，他可能是跟在木绵子身后过来的。

“早早关了店，是到了来喜欢的男人这里喝咖啡的时间了吗？真是逍遥自在啊木绵子，明明是个了不得的坏女人。”

克也露出嘲讽的笑容靠近木绵子，这次是对行介出声了：“怎么样，宗田先生，木绵子把自己坏女人的罪行都告诉你了吗？”“我全都听过了。”行介用沉稳的声音说。

“嚯——木绵子全都说了吗？这可真值得称赞。”克也露出了意外的表情。

“木绵子小姐不是坏女人，只是为了保护自己而已。让她这样做的是你不是吗？对女人施加暴力的男人是最差劲的了，你才更加应该反省自身不是吗？”岛木大喊道。

“给我闭嘴，臭大叔。不管是施加暴力还是怎么样，我可是一次都没有想要杀了这家伙。然而这家伙……而且还是在我睡着的时候。这家伙实在是恐怖的女人啊。”

“所以才说，她这么做全都是因为你的错，你这是自作自受。”岛木也不认输地说。

“开什么玩笑，臭大叔。不管怎么说，这家伙要杀我都无疑是事实。这家伙是个真真正正的杀人未遂的罪犯，然后还偷偷摸摸的，到处东躲西藏。真是的，死皮赖脸也该有个限度啊，不是这样吗，啊，宗田先生？”

“所以，木绵子小姐已经下定决心要偿还罪孽了。”行介大声喝道。

"偿还罪孽！"克也的脸上露出近似胆怯的表情。

"是的，木绵子小姐明天就会去向警察自首，打算好好地偿还罪孽。这样的话，你也就没有立场说这说那了。"岛木炫耀似的说。

"明天就去找警察自首——我不允许这种事。我和这家伙，此后一生都要互相你追我藏地度过，我和这家伙的孽缘此后一生都要延续下去。自首什么的，我才不会允许她偿还罪孽然后从我这里逃开。"克也发出一声哀号，右手伸进了怀中。

行介的心中划过一丝不祥的预感，克也应该是在怀中暗藏了刀的。

"快逃，木绵子小姐，这家伙带着刀！"行介在柜台里用近似怒吼的声音喊。

但是木绵子没有动，不仅如此，她还从圆椅子上站了起来，简直就是为了被刺而做出的无防备的姿态。克也动了，他右手握着刀刃冲向了木绵子。周围响起了哀号声，发生了预料之外的事，冬子冲到了木绵子身前。行介从柜台中冲出来时一切都晚了，克也手持的小刀刺入了冬子的左胸口。

"木绵子小姐不躲开刀……是因为……她还爱着你……"

只说了这些，冬子就倒了下去。克也似乎是因为冬子的话而清醒了过来一般，一脸茫然若失的表情僵立着。

"岛木，救护车！"

"冬子小姐，为什么要这样做！"木绵子双眼盛满泪水地喊。"因为我和木绵子小姐……很像……境遇相似，所以……"

木绵子当场泪如泉涌。

救护车很快就到了。

"岛木，之后都拜托了。"大喊着放下话，行介就跟救护员一起上了车。“冬子，没事吧，你振作点。”在被放平躺下的冬子耳边，行介用大喊一般的声音说着。“没事……我还……振作着呢。”虽然声音断断续续的，但冬子双眼微微睁着说。

“是吗，必须要振作啊。没关系的，一定会得救的。因为我在，我会一直在冬子身边的。”行介用带着哭腔的声音说。

克也现身的时候，他要是马上就从柜台里出来的话，就不会发生这样的事了。这都是他的责任，他绝对不能让冬子死去，让他最喜欢的冬子……

“阿行……”他听到冬子微弱的声音。“要是我死了……那个座位也永远……永远都是我的指定席……能看到阿行正面的，那个位子……”“别说胡话，冬子你不是不可能死的吗？”

这之后，冬子就慢慢闭上了双眼。

行介用能把人穿透般的眼神看向身边的救护员。

“所幸刺伤是在心脏下面，就这点而言是万幸——只是出血量很大，现在绝不可掉以轻心……”对方用沉重的语气回答。

绝不可掉以轻心——这是把行介的心脏猛刺了一下的话。

那时候行介的心中，浮现出结婚这样的话来：和冬子结婚。只是，自己是杀人犯，是不能获得幸福之身。但是……行介想在冬子的耳边喊道：“冬子，你康复了我们就结婚吧。”他想喊这样的话，却还是没能真的喊出来，自己是不能获得幸福的人。

“冬子，冬子，冬子……”行介在冬子的耳边不停喊着她的名字。在喊的时候他意识到自己哭了，冬子是行介无可替代的宝物。

“冬子……”行介全身颤抖地不停喊着。